9988하게
사는 법,
생활습관에
달렸다

9988하게 사는 법, 생활습관에 달렸다

발행일   2015년 8월 7일

지은이   하 영 빈
펴낸이   손 형 국
펴낸곳   (주)북랩
편집인   선일영   편집   서대종, 이소현, 이은지
디자인   이현수, 윤미리내, 임혜수   제작   박기성, 황동현, 구성우, 이탄석
마케팅   김회란, 박진관, 이희정, 김아름
출판등록   2004. 12. 1(제2012-000051호)
주소   서울시 금천구 가산디지털 1로 168, 우림라이온스밸리 B동 B113, 114호
홈페이지   www.book.co.kr
전화번호   (02)2026-5777   팩스   (02)2026-5747

ISBN   979-11-5585-646-8 03810(종이책)   979-11-5585-647-5 05810(전자책)

이 도서의 국립중앙도서관 출판예정도서목록(CIP)은 서지정보유통지원시스템 홈페이지(http://seoji.nl.go.kr)와 국가자료공동목록
시스템(http://www.nl.go.kr/kolisnet)에서 이용하실 수 있습니다.
(CIP제어번호 : CIP2015021231)

9988하게
사는 법,
생활습관에
달렸다

하영빈 지음

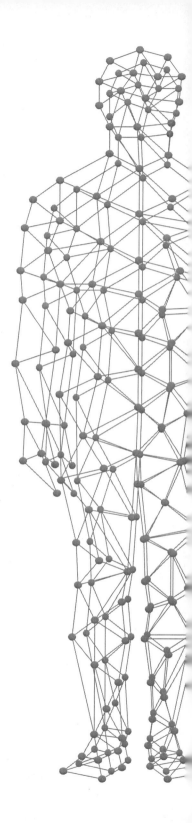

몸을 바꾸지 않으면 병은 계속 찾아온다

동의보감에 나오는 '십병구담+病九痰'이라는 말을 보면 알수 있듯이 모든 병의 근원은 '담痰'이다. 지금 우리들이 알고 있는 생활습관성 질환이라 불리는 모든 병은 통하지 않고 담을 만들면서 발병하는 것이다. 담을 허물고 길을 열어 기와 혈이 통하게 만들어보자. 혈기왕성하면 병이란 것은 애초에 생길 수가 없다.

북랩 book Lab

머리말

지금 알고 있는 것들을 그때도 알았더라면….

이것이 의학적인 지식이나 학문적인 지식이 전혀 없는 사람이 갑작스레 책을 내어야겠다고 마음먹은 이유이다.

돌이켜보면 지나온 시간은 고통과 질곡의 연속이었다. 젊은 시절한때 건강한 적도 있었지만 사업실패의 후폭풍으로 젊은 나이에 앰뷸런스를 타고 응급실에 실려가기도 했다. 그리고 30대 중반에 시작된원인 모를 병으로 오랜 기간을 고생했다.

처음에는 병원에만 가면 모든 것이 다 해결되는 것으로 생각했다. 알고 보면 매우 단순한 문제였는데 그동안 너무나 먼 길을 돌아서 온것 같다

지금 우리 주변을 둘러보면 가까운 이웃과 친척 중에 아픈 사람이없는 경우가 거의 없다. 한 번 병원에 이름을 올리면 시간의 차이가 있을 뿐 계속 병원에 기대어 살아가는 것이 현대인의 삶이다.

대부분의 경우 병원에서 거의 치료가 잘되지만 불치병 또는 난치병등으로 명명된 여러 가지 병들은 사실 병의 원인을 파악하여 작명한

것이 아니라 원인을 정확히 모르니 나타나는 증상을 병명으로 한 것이 많다. 그러다 보니 지금 현대인이 겪고 있는 수천 가지 병들이 매우 어렵게 생각되고 수많은 석학들이 고가의 첨단장비를 이용하여 힘들게 병에 접근하는 것을 볼 수 있다.

매일매일 밥 먹고 마음먹고 나이 먹으면서 살아가다 보면 세월의 때가 끼게 된다. 사람의 몸은 영생을 할 수 있는 초월적인 존재가 아니다. 지상에 존재하는 다른 모든 만물들과 더불어 서로 주고받으면서 살아가는 일반 생명체에 불과하다. 물론 사람의 몸 안에 거하는 영원한 생명은 빼고 하는 이야기다. 먹기 위해서 사는 건지, 살기 위해서 먹는 건지는 개인에 따라 다르겠지만 먹는 그것이 지금의 내 몸을 이루고 있기 때문에 잘먹느냐 못먹느냐 하는 그것이 바로 건강이다. 심지어 내 주변에는 건강한 식습관과 생활습관을 유지하여 나이를 거꾸로 먹는 것 같은 사람도 있다. 지금의 현대인들이 정크푸드를 먹고도 건강에 이상이 생기면 전문가라고 하는 사람들을 찾아가고 CT나 MRI 등으로 살펴보지만 그 몸속에 뭐가 있겠는가. 쓰레기를 넣었으니 막혀 있고 막혀 있으니 부패하여 주변을 오염시키는 것이다.

생활습관성 질환 또는 순환기성 질환, 이 말이 모든 것을 대표하고 있다. 그렇기 때문에 뚫어주면 되는 것이 지금의 현대병이다. 물론 막혀 있는 위치와 크기에 따라 도구를 달리해야 한다. 어떤 것은 송곳으로 뚫어도 되고 또 해머나 드릴이 필요할 때도 있다. 그러나 가장 으뜸가는 치료는 역시 따뜻한 사랑의 마음이다. 사랑이라는 요물은 몸 안의 어떤 돌덩이도 녹여낼 수 있기 때문이다

사혈부항 또는 발포부항만큼 확실하게 막힌 부위를 뚫어주는 것도

없는데, 부항은 어혈을 풀어주고 몸을 따뜻하게 하며 생명을 길게 해준다. 부항컵 하나로도 여러 가지 방법으로 시술할 수 있다. 허리나 발목을 삐끗했을 때 사혈부항 한 방이면 뒷날 아무렇지 않게 일어날 수 있다. 만약 오래된 병이거나 여러 종류의 병으로 다른 대안이 없을 때 여러 개의 부항컵으로 사람의 임맥과 독맥을 중심하고 사혈과 발포를 병행하여 시술하면 해결되지 않을 문제는 거의 없다고 생각된다.

그러나 암과 같이 오래된 돌덩이는 송곳과 같이 날카로운 직접구 쑥뜸도 꼭 필요하다. 우리나라에서 나는 쑥은 하늘이 내리신 영약이다 직접구 쑥뜸이 되었건, 간접구 쑥뜸이 되었건, 국으로 먹든, 떡으로 먹든, 몸 안의 독소 분해에 이만한 것이 없다

그렇기 때문에 쑥뜸과 부항을 같이 적절하게 시술하면 심지어 정신질환과 같은 문제도 풀어갈수 있다.

글을 쓰면서 아쉬웠던 점은 쑥뜸과 부항을 같이 하다 보니 기준을 정하고 체계화하는 것이 어려웠다는 것이다. 그러나 부항이나 쑥은 오랜 역사가 증명하듯 배우기 쉽고 부작용이 없다.

지금 알고 있는 것들을 그때도 알았더라면 이렇게 먼 길을 돌아올 필요가 없었는데, 하는 생각을 하며 독자 여러분께 나의 경험을 전달하고자 글을 시작한다.

차례

창과 방패

용산 미군기지가 드디어 시민의 품으로 돌아오게 되었다. 2006년 8월 24일 대통령이 직접 참석한 가운데 용산기지 공원화 선포식을 하는 것을 보게 되었다. 124년 전 임오군란 때 청나라가 주둔하기 시작하여 일제강점기에는 일본군이, 그리고 6·25전쟁을 겪으면서 미군이 주둔하여 오늘에까지 이르렀다.

한나라의 수도에 그것도 중심부에 외국군이 주둔하는 경우는 다른 나라와 비교해 보건대 드문 경우이다. 우리나라는 유구한 5000년의 역사를 자랑하지만 사실 반만년 역사를 거치는 동안 900회가 넘는 외침을 받아왔다. 단 한 번도 다른 나라를 침략하지 않고 5000년을 남의 매만 맞으며 견뎌왔으니 그 국민의 한이 얼마나 사무쳤겠는가.

요즈음처럼 국제법이 있는 것도 아니고 간섭하는 사람 하나 없이 남의 나라에 침공하여 온갖 노략질과 살육, 강간 등을 저질렀을 테니 그 참상이 어떠했을지는 상상하기가 무섭다. 가까이로는 일제강점기 40년을 돌이켜보아도 그 비극을 어떻게 다 말을 하리오.

왕을 중심으로 한 국가에서 대신들은 항상 당파를 중심으로 한 정쟁으로 국정을 허비하니 국력이 부실하여 침략을 자초하게 된 것이다. 물론 그중에 국방을 튼튼히 하고 내실을 쌓아 나라를 지킨 경우도 있지만 침략에 대비하지 못하여 이 나라가 송두리째 전란에 휩싸여 피난 가는 것이 국민의 정서에 자리 잡고 있을 정도로 우리의 국력은 항상 부실하였다.

한 나라의 운명도 국력이 부실하면 외국군에 짓밟혀 온갖 수모를 받게 되고 엄청난 피해를 보게 된다. 국력이 강하면 아무 문제가 없지만 나라의 힘이 약하여 다른 나라의 침략을 받고 보면 그 비참함을 이루 다 말할 수 있을까. 그런데 그런 상황이 사람의 건강에도 그대로 적용되는 것을 볼 수 있다.

사람도 육신이 건강하여 아무런 고통 없이 자기 하고 싶은 일을 마음대로 할 수 있다면 그보다 더한 일이 어디 있겠는가. 그러나 우리 주위를 둘러보면 건강에 아무런 문제없이 살아가는 사람도 볼 수 있지만 병으로 고통 받고 있는 사람도 예상외로 많이 있다는 것을 알 수 있다.

젊은 사람 중에 가벼운 병으로 잠시 어려움을 겪는 수도 있지만 나이가 들어 찾아오는 난치성 질환이라든가 중병을 가지게 되면 정말 그 사람 전체의 인생이 흔들리게 된다. 평생을 쌓아온 부와 명예도 한순간이요, 생활의 즐거움이라든가 가족 이웃 모두가 허망하게 된다.

국가가 대비하지 못하여 남의 나라 침략을 받게 되는 경우가 사람이 대비하지 못하여 병에 걸리게 되는 경우와 아주 흡사하다. 나라의 국력을 나타내 보자면 무엇보다도 방위력 즉, 군사력이 있어야 할 것이다. 군사력은 창과 방패에 비유할 수 있다. 다른 나라를 공격할 수 있는 힘으로 창을 들 수 있고 방어할 수 있는 능력으로 방패를 들 수 있을 것이다. 지금도 우리나라 38선에는 많은 병력이 북의 침략을 대비하여 방어선을 구축하고 있다. 그리고 조금 뒤에는 적의 침략이 있을 시 적을 격퇴시킬 수 있도록 공격할 수 있는 병사가 준비되어있다.

건강하던 사람이 어느 날 갑자기 "암입니다."라는 사형선고와도 같은 말을 듣는 것을 나는 주변에서 여러 번 보았다. 요즈음은 신문지상이나 TV 등으로 유명인사의 갑작스런 사망이나, 불치병을 얻어 고생하고 있다는 소식도 종종 접하게 된다. 왜 그렇게 갑자기 그런 엄청난 소리를 듣게 될까. 평소에 아무런 지장 없이 오랜 기간 잘 살아 왔는데 갑자기 건강검진에서 암이다, 또는 당뇨병이다, 고혈압이다 하여 사람을 놀라게 하는 일이 생길 수 있을까.

암이나 당뇨가 병으로 발병하여 사람의 생명을 위협하게 될 때는 그 병의 시작은 아마 오래 되었을 것이다. 그런데 사람들은 그동안 왜 그렇게 모르고 살아 왔을까. 그리고 누구나 병원에서 건강진단도 한번 쯤은 받아보았을 것인데 왜 미리 발견되지 않았던 것일까.

마치 적국의 간첩이 침투하여 우리나라의 중요한 시설물을 점령해 버린 것 같이 어느 순간 생명을 위협하는 질환이 내 몸의 중요한 기관에 자리 잡고 있다는 것을 알게 되었을 때의 순간은 충격적이라 할 수 있다. 질병이 감기와 같이 표를 내면서 침입해 오는 경우와 암과 같이 모르게 침입해 오는 경우를 비교해 보면 침입하는 형태는 다르다 할지라도 사람의 육신이 방어하지 못했다는 것은 마찬가지다. 암이나 감기 뿐 아니라 모든 병은 여러 사람에게도 똑같이 원인균은 있다. 감기바이러스가 한 지역에서 발생하면 공기를 타고 다니며 환자의 분비물과 음식물 등 여러 가지 경로로 전염된다. 그런데 그 지역의 여러 사람이 똑같이 그런 감기바이러스에 노출되지만 발병하는 사람은 항상 약한 사람 즉, 육신의 면역체계가 고장 난 사람이다.

암이 발병하는 원인은 어떨까. 물론 아직까지 정확한 원인은 아무도 모른다. 여러 가지로 추측할 뿐이지 정확히 이것이 원인이라고 말할 수 있는 사람은 아무도 없다. 그러나 확실히 말할 수 있는 것은 우리 모두가 비슷한 환경에 살고 있기 때문에 어떤 사람은 암이 발병하고 어떤 사람은 그렇지 않다는 것을 통해 어떤 외적인 것이 원인이 아니라 본인의 내적인 문제라고 추측해 볼 수 있다.

감기바이러스가 침입하여 발병을 하건 암의 원인이 침입하여 발병을 하건 사람의 육신에서 병이 시작되었다는 것은 병원균이 육신의 방어망을 뚫었다는 얘기이고 나라를 비유하여 말하면 국경수비에 구멍이 뚫렸다는 얘기다. 즉 방패가 무너졌다는 얘기다.

흔히 무모한 사람들을 보고 우리는 '간이 부었다'라고 얘기한다. 경상도 사투리로 말하면 죽으려고 간덩이가 부었구나 하고 표현하는데 그 말은 결코 용기 있는 사람을 두고 하는 말이 아님을 우리는 알고 있다. 말 그대로 죽으려고 간이 부었지 살려고 간이 부은 것이 아닐 것이기 때문이다. 부었다는 표현은 염증이 났다는 얘기다. 고름이 생겼다는 말이다. 그런즉 간에 염증이 생겨 간이 붓게 되면 간이 이미 간으로서의 역할을 할 수 없다. 간이 우리 몸속에서 얼마나 중요한 일을 하는지 알고 나면 간이 부었다는 표현은 즉, 죽음을 의미하는 것임도 알 수 있다.

간은 몸이 필요로 하는 여러 가지 물질을 합성하거나 분해하는 대사기능과 저장기능 그리고 해로운 것들로부터 몸을 지켜주는 해독작용과 배설작용 그리고 생리적인 임무를 하고 있는 거대한 화학공장이다. 그렇기 때문에 간이 상했다 하는 말은 내 몸의 방어선이 무너졌다하는 말이요, 생명활동의 방패를 내려놓았다는 말이 되기도 한다. 그래서 사람 몸의 방패다 하는 뜻을 넣어 肝(간)이라고 하는 것이다.

사람의 몸에서 그 부피가 크기도 하지만 수행하는 역할도 아주 중요하다. 여러 가지 어려운 임무를 수행하는 장기이다 보니 반대로 병이들기도 쉽다. 그 복잡한 기능에 맞추어서 간에 병이 드는 것은 여러 가지가 있다. 어떻게 병이 들건 일단 간이 상하기 시작하면 국경으로 말하면 국경수비에 구멍이 생기는 것과 같이 조금씩 병원균의 침입을 허용하게 된다. 몸 안에 독소가 조금씩 쌓이면서 여러 가지 작은 병도 만들고 또 병이 오랜 시간 서서히 진행되어 암과 같은 병이 되기도 한다.

그러나 일반적인 국가의 방위력을 보면 국경의 방패가 뚫렸다고 곧바로 나라가 넘어지는 것은 아니다. 왜냐하면 나라 안에는 적군을 공격할 수 있는 병사가 있기 때문이다. 국경을 넘어들어 오는 적군과 아군이 교전할 때 아군이 우세하면 당연히 적은 격퇴될 것이다. 그런 아군의 세력이 월등하지 못할 때는 그 전쟁은 오래 가고 나라 안이 온통황폐하게 된다. 그 좋은 예로 월남이 있다. 장기간에 걸친 전쟁으로 나라 전체가 얼마나 많은 피해를 보게 되었는가.

월남전의 피해는 지금도 남아 있다. 고엽제라든가 전쟁 중 부상으로 고통을 받고 있는 사람도 있고 전쟁고아 또는 미망인 등 여러 종류의 희생이 있었다. 월맹의 베트콩들이 민간인 복장을 하고 월남의 수도 사이공에 침투하여 테러를 일으키고 중요 시설물을 공격하고 하여도 이미 치안유지가 되지 않던 월남은 우방국들의 오랜 원조와 파병에도 불구하고 공산화되고 말았다. 그 당시 자유월남의 군인들과 치안을 맡은 경찰 등 모든 방위군들이 부정부패로 썩어있었다는 것은 우리들이 이미 알고 있다. 그러니 병사로서의 역할을 다하지 못해 결국 나라를 잃어버리고 말았는데 군비를 튼튼히 하여 강군을 만드는 것은 국가의 존폐가 걸린 중요한 일이고 국가가 살아야 개인의 생명이 보존되는 간단한 이치를 다시 한 번 생각하게 한다.

사람의 육신도 인체방어망에 구멍이 생기면 온갖 종류의 세균과 병원성 바이러스가 침입하게 된다. 그럴 때 혈액속의 백혈구나 임파구가 활동을 하여 침입한 세균을 죽이게 된다. 싸우는 과정에서 몸에서 열이 나기도 하고 때로는 고름도 생기곤 한다. 그래도 저항력이 약하여 사람 몸이 계속 아프게 되면 우리는 병원을 찾아 항생제를 쓰기도 하고 병원균의 작용으로 완전히 복구 불가능한 부분은 수술이라는 과정을 통해 분리해내기도 한다.

패망한 월남과 같이 남의 나라에 의존하여 국가를 지키려고 하면 언젠가는 나라를 잃듯이 내 몸의 저항력이 약하여 병원에 의지하여 육신을 지키려고 하면 결국은 항생제에 내성이 생기고 수술이라는 과정은 몸 안의 기능상의 불균형을 가져와 결국은 영원히 자력으로 일어설 수 없도록 만들고 만다.

그렇기 때문에 국력을 키워야 하는 것과 같이 사람의 육신도 체력을 키워야 한다. 그래야 모든 병원균에 대항할 수가 있게 되고 건강을 지킬 수가 있게 된다. 병사를 훈련시켜 나라의 치안을 튼튼히 하듯이 병원균과 싸워야 할 혈액 속의 혈구를 단련시키고 혈관을 튼튼히 하여 몸 안의 방어막을 튼튼히 하면 사실 어떤 질환도 두려운 것이 없게 된다.

그러기 위해서는 여러 가지의 육신 내부의 작용이 있지만은 특히 폐의 기능이 원활해야 한다. 폐가 튼튼해야 온몸을 돌면서 영양분과 산소를 공급하고 노폐물을 안고 지쳐서 돌아오는 혈액 속에 다시 산소를 충분히 채워줄 수 있다. 이는 마치 병사에게 보급품을 지급하고 총과 칼로 무장하여 강군을 만들어 전선에 다시 배치하는 것과 같다. 폐의 기능은 그 기능상 신하와 같은 역할을 한다. 신하는 바로 병사가 아닌가. 모든 군인과 경찰이 제대로 서 있으면 나라의 방위가 건강하듯이 사람 몸 안의 피의 순환이 제대로 되어 백혈구와 적혈구의 활동이 왕성하면 병원성 바이러스나 세균은 침입해 들어올 수가 없다. 그러므로 국가가 군사력을 세워 방위를 튼튼히 하고 내치를 훌륭히 하여 번영을 이룰 수 있듯이 사람도 가장 근본은 창과 방패로 대별되는 간과 폐의 기능이 우선해야 한다. 그 다음의 운동과 일상생활의 건전함은 다른 모든 내장의 기능을 활발하게 하여 튼튼한 육신을 갖게 되는 것이다.

생명전자

요즈음 암으로 인한 유명인의 사망소식을 가끔 들을 수 있다. 그때마다 신문지상이나 미디어를 통해서 며칠을 두고 자세한 내용을 반복반복해서 들으면서 충분히 살릴 수 있는 사람인데 어째서 저렇게 허망하게 가야만 할까 하는 안타까운 생각이 자주 든다.

우리는 일반적으로 암이다 하면 바로 사망선고로 받아들이는 경향이 많다. 병원에서 요즘 완치율이 높다고 환자를 다독이지만 그러나 어느 순간 잘 낫는 것처럼 보이다가도 순식간에 전신 암으로 번졌다면서 생명을 내려놓는 경우를 자주 보아 왔다.

정말 암에는 약이 없는 것일까. 이즈음에서 우리는 생각을 바꾸어 보아야 할 필요가 있다. 그것은 항암제가 되었건 고혈압 약이 되었건 이미 오랜 시간에 걸쳐서 임상결론이 난 것이기 때문에 고혈압 환자가 아무리 오랜 기간 고혈압 약을 먹었다고 고혈압이 나아서 약이 필요하지 않다고 하는 것을 볼 수가 없다. 뿐만 아니라 당뇨나 다른 순환기성 질환의 대부분이 약물이나 수술로 치료 불가하다는 것은 이미 검증이 된 상태이다. 수술이나 약물치료 그리고 조금 지나면 다시 입원하여 치료와 검사를 계속해가는 지금의 의료형태는 분명하게 말할 수 있지만 잘못 보고 있다는 것이다.

당뇨라는 병명과 고혈압 뇌졸중 중풍 류머티즘 등 병명으로만 포장되어 있지 사실 원인도 정확히 모르고 어디가 정확하게 문제가 생겼는지 확실치 않아 나타나는 이상 증세 모두에 이름을 붙이다 보니 병명만 수천 가지다.

만약 수많은 병을 일으키는 병원균이나 바이러스의 종류를 확실히 안다면 인류는 벌써 대부분의 질병을 극복하고 무병장수의 길을 열었을 것이다. 기생충이나 유행성질환인 콜레라 등 옛날에는 천형으로까지 불렸던 한센병 등은 지금은 옛날이야기 속으로 사라졌다. 기생충약 한 알 먹으면 몸 안의 모든 회충이 뿌리째 그것도 흔적도 없이 녹아서 체외로 배출되니 그와 같은 구시대적인 질병들은 이미 이름만 사전에 올려놓았을 뿐이다. 100% 치료되기 때문에 질병이라 부르지도 않는다.

고혈압, 당뇨는 한번 걸리면 평생 약을 먹어야 하고 나중에 심장질환, 뇌질환, 당뇨합병증으로 발전해가도 손 하나 쓸 수 없이 마냥 지켜보아야만 하는 현재의 의료는 분명히 무언가가 잘못되었다고 할 수 있다.

당뇨의 원인은 무엇인가? 고혈압의 원인은 무엇인가? 원인도 정확히 모르는데 그리고 무슨 균으로 그와 같은 문제가 발생하는지를 모르는데 어떻게 치료할 수 있겠는가. 그러나 다른 각도에서 난치성이라 하는 질병들을 바라보면 그 본질은 단 하나, '인체가 균형을 잃은 것'이다.

원인도 확실히 모르고, 원인을 모르기 때문에 난치성이라 이름을 붙인 수많은 질병 즉, 암이나 당뇨, 고혈압 등의 본질적 원인은 인체의 순환기 장애일 뿐이다. 나타나는 현상이나 장소가 달라서 병명이 여러 가지이고 서로가 다른 원인을 가지고 있는 것처럼 보인다. 인체의 가장 작은 단위세포로부터 뼈나 근육 또는 간이나 심장 등 각 기관에 이르기까지 돌고 도는 순환의 길만 터주면 병이라는 것은 발생할 수가 없는 것이다. 우리 몸을 다른 생물과 달리 특별한 것처럼 생각하지만 자연계에 존재하는 하나의 생명체일 뿐이다.

자연계에 존재하는 모든 생명체는 어느 것 하나 예외 없이 생명활동을 할 수 있도록 산소와 영양소가 필요하다. 또한 그와 같은 원소가 연소 후 세포 외부로 배출되는 시스템으로 되어 있기 때문에 들어가고 나가는 것은 모든 생명체의 기본이자 살아있음의 전제조건이다. 사람의 생명유지도 호흡하는 산소와 먹는 영양소에 절대적으로 달려 있다.

코의 호흡활동으로 몸에 들어 온 산소는 폐포로 가서 피에 흡수되어 인체의 구석구석 그야말로 머리끝에서 발끝까지 미치지 않는 데가 없다. 단 1개의 세포라도 산소를 받지 못하고 세포에서 연소되고 배출되는 독소를 체외로 배출시키지 못한다면 세포는 그 자리에서 괴사하고 만다.

먹는 음식물도 마찬가지이다. 입으로 들어가는 온갖 먹을거리는 위장이라는 곳을 지나 소장과 대장에 이르면 수백 종류의 효소로 인하여 완전 분해되어 인체 모든 것을 이루는 원인재료가 된다. 그것이 시멘트와 모래와 같이 인체라는 구조물을 만들어 육신을 유지하며 산소와 결합하여 에너지도 만드는 생명현상의 결과 우리는 살 수 있는 것이다.

이와 같이 산소와 물 그리고 음식물의 영양소 등이 인체 말단까지 이르는 그 과정이 인체 자연 순환체계이다. 그 순환시스템이 방해를 받아 장소와 환경 등에 따라 수천 가지 모양으로 나타나 지금 우리가 알고 있는 병명의 전부가 되고 있다.

몇 년 전 미국 MD앤드슨 병원의 암 의학 전문의 김의신 박사의 암에 관한 기사가 1주일에 걸쳐 연재되어 읽어본 적이 있다. 그때 김 박사는 "약물로 암을 치료한다는 것은 요원한 일이고 암처럼 고치기 어렵고, 힘든 병은 없다"라고 얘기하였다. 그러나 그런 김 박사가 "오랜 기간 병원에서 지켜본 암 환자 중에 정말 죽을 수밖에 없었던 사람이 살아나는 경우가 가끔 있는데 그것은 암에 걸렸지만 본인의 죽음을 받아들여 마음을 비운 사람 중에 지금까지 살아 있는 사람이 있다"고도 말하였다.

우리나라 TV 프로그램 중에 '나는 자연인이다'라는 프로그램이 있다. 얼마 전 소개된 한 사람은 젊어서 건강했지만 불규칙한 생활로 인해 대장암 말기로 진단받고 산으로 들어가 25년이 지난 지금까지 건강하게 살고 있다. 그는 말기 암을 병원에서 진단받을 무렵 어린 두 딸과 같이 살고 있었는데 그 당시 부인이 집을 나가버려 이혼한 상태였다. 그런 때 갑작스럽게 닥친 말기 대장암이라는 진단은 아무 것도 가진 게 없는 그에게 절망을 주었다.

그리하여 그는 어린 두 딸을 고모에게 맡기고 본인은 죽기 위해 산으로 들어가 버렸다고 한다. 그러나 죽으려고 들어갔던 산에서 오히려 말기 대장암이 완치되고 25년이 지난 지금까지 건강하게 살고 있다고 한다. 우리는 그 사람이 산에서 온갖 약초를 캐먹고 맑은 공기 속에 살고 있으니 건강해진 것 같고 그가 무슨 약초를 먹었는지 그것만이 궁

금할 것이다.

그러나 김의신 박사의 증거나 대장암 말기의 정씨가 가르치는 진리는 환자가 죽음을 받아들이고 마음을 비움으로써 비로소 치료가 시작된다는 것이다. 물론 그러는 가운데 맑은 공기와 산에서 나는 좋은 식재료는 부가적인 생명의 기적을 낳도록 도와주었을 것이다. 그러나 근본은 마음을 비움으로써 사람의 마음에 따라 움직이는 인체 전위의 균형이 이루어져서 치료가 시작된다는 것이다.

일본의 에모토 마사루 박사는 오래전『물은 답을 알고 있다』라는 책을 통하여 인간의 생각이 물에 전달되는 것을 사진으로 보여주었다. 즉 사람이 먹는 마음 상태에 따라 앞에 놓인 물의 결정이 보석 모양으로 빛나기도 하고 저주 등의 나쁜 말을 하게 되면 물 분자의 형태가 깨져버리는 것을 사진으로 잘 나타내어 보여주었다.

사람의 몸도 70%가 물이다. 사람의 근육이나 뼈 등을 이루고 있는 세포도 사실은 물과 더불어 생존, 번식, 사멸하는 과정을 가진다는 것은 우리가 이미 알고 있다. 세포핵을 중심으로 한 양이온과 세포의 외벽을 돌고 있는 음이온의 균형이 맞을 때가 세포의 생명이 가장 활발할 때이다.

그러나 사람이 욕심이나 혈기 등으로 분노하여 혈액 속에 산소의 포화도를 떨어뜨리거나 사람의 인체에 맞지 않는 화학 가공식을 많이 먹으면 세포핵 주변을 돌고 있는 자유전자인 음이온이 탈출하여 전기적인 균형이 깨져버리는 상태가 된다. 양이온과 음이온의 균형이 깨지면 산소와 영양소의 세포내 진입이 어려워진다.

세포를 싸고 있는 외벽은 삼투압작용에 의해 필요한 것만 세포 내로 들어갈 수 있다. 그러나 세포 내외의 전위의 차가 발생하면 삼투압작용이 불완전해지고 더 중요한 것은 세포 내의 에너지 연소 후 오염물질의 순환이 지장을 받는다는 것이다. 그것이 체액의 염증농도를 높이고 체액의 염증농도가 올라가면 모세혈관에서 체액으로 영양소와 산소를 흘려보내고 세포에서 산화 후 나온 불완전 연소된 가스 등을 받아 배출시키는 혈액이 자동적으로 오염되어 즉, 의학적으로 말하면 피떡을 만들어 약한 부분에 뭉치기 시작하여 염증을 만들고 그것이 오래 지나면서 굳어지면서 경화성 질병이나 암 등으로 발전이 되는 것이다.

여기에서 우리는 아주 근본적인 질문 하나를 생각해 볼 수 있다. 뼈나 근육 등과 같이 인체를 이루고 있는 생명의 기본인 세포들은 어떻게 전기를 띄게 되는 것인가. 세포를 이루고 있는 세포핵이나 세포막 또는 세포질 등은 아미노산이나 단백질 소금 탄수화물 등 여러 가지 자연영양소 등으로 조직되어 있다. 그것은 결국 자연에 존재하는 물질의 최소단위인 원소들이 모여 만든 분자인 물질들로 되어 있다. 이와 같은 물질들을 쪼개고 쪼개어 근본에 들어가 보면 그 모든 것이 전기로 이루어져 있는 것을 알 수 있다. 그렇기 때문에 사람을 겉에서 보면 물질로 이루어진 하나의 형태를 유지하고 있는 것 같아 보이지만 실제로는 인체는 전기왕궁으로 전기적인 작용에 의해 밀어내고 당기며 세포의 운동이 에너지를 만들고 타고난 영양소가 가스가 되어 체외로 배출이 되면서 생명체의 활동이 계속 될 수가 있는 것이다.

지금까지 인류는 수많은 전쟁과 환경오염 자연재해 사고 등으로 건강하게 마음 편하게 살 수 있었던 때가 거의 없었다. 모든 것이 부족한 가운데 생존을 위해서 남의 것을 뺏기 위한 투쟁의 역사 속에서 사람이 아프지 않고 건강하게 살 수 있다고 하는 것은 애초에 불가능한 것이었다.

작게는 개인에서부터 크게는 국가에 이르기까지 생존경쟁에서 진다고 하는 것은 죽음을 의미한다. 그래서 사람의 마음속에 실패에 대한 두려움, 승리에 대한 강박관념 등이 가득 차고 그 욕심이 채워지지 않으니 혈기를 부리게 된다. 이것이 사람의 생명현상과는 정반대의 결론을 만들게 되어 생명을 유지시키는 생명전자의 손실을 가져와 전위의 균형이 깨지면서 인체 체액이 탁해지고 그것이 혈액을 오염시켜 순환기성 질환의 기본을 만들게 된다.

흔히 욕심이라고 하면 우리는 물질적인 것만 생각하기 쉽지만 자세히 들여다보면 사람이 살아가는 모든 것이 욕심에서 시작하고 욕심에서 끝이 난다. 항상 남보다 더 가지고 싶고 남보다 더 잘 나고 싶고 무엇이든 잘하고 싶고 어디에서건 주목받는 사람이 되고 싶은 것이 사람이다.

세상 일이 본인의 욕심대로 되지 않는다는 것을 누구나 알고 있다. 그러나 마음대로 되지 않는 세상에 사람들은 자동적으로 분노하고 그것은 잘난 사람 못난 사람을 가리지 않는다.

죽기 위해서 산으로 들어간 정씨는 사회 생활할 때 있었던 부인과의 이혼문제나 직장동료와의 갈등 또 어린 딸자식에 대한 걱정, 경제적인 문제 등 현 시대의 우리가 가지고 있는 대부분의 문제 즉, 욕심 때문에 생기는 근심, 걱정, 분노 등 모든 것을 놓아버렸을 것이다. 그의 머릿속에는 더 이상 세속적인 것이 남아 있지 않았다. 인간사 모든 문제의 근원인 욕심을 죽음 앞에서 던져버림으로써 – 불교적으로 말하면 무아와 무욕의 경지에 이르러 – 사실 치료는 그때부터 시작된 것이다. 그것이 마음 놓고 쉬는 호흡에서 이미 인체전위의 균형이 맞춰지고 맑고 풍부한 산소가 폐활량을 늘려 혈액순환이 제대로 되기 시작한 것이다.

한때 우리는 인체의 혈액이 심장의 힘으로 돌고 있는 줄 알았던 때가 있었다. 그러나 인체의 혈관 총 길이가 지구를 두 바퀴를 돌만큼 길다는 것을 알고 혈액의 흐름이 단순한 심장의 작용이 아니라는 것을 금방 알게 되었다. 모세혈관이라는 아주 작은 혈관에까지 혈액이 흐르고 그것이 다시 정맥혈을 통해 11만 2000km에 이르는 혈관을 간다는 것은 동맥과 정맥혈의 전자기적인 작용에 의해 혈액이 흐르고 있다는 것을 바로 설명해준다.

조선일보(2014.11.28) 섹션 B에서는 '전자 약으로 치료하는 시대가 왔다'라는 제목 아래 미국 뉴욕 파인스타인 의학연구소의 케빈 트레이시 박사의 염증치료를 소개하였다. 트레이시 박사는 그 전자약으로 지금까지 약물치료로 부작용만 발생하던 류머티즘 관절염에서 효능을 입증했으며 천식 비만 당뇨에 이어 암으로까지 치료대상을 넓히고 있다고 소개하였다.

뿐만 아니라 미국식품의약국(FDA)은 지난 5월 인스파이어 메디칼 시스템즈가 개발한 수면 중 질식사 방지장비를 승인했다고 한다. 이 장비는 수면 중 근육에 전기 자극을 줘 기도가 막히는 것을 막는다는 것이다. 지금까지 우리가 알고 있는 수술이나 약물을 통한 질병치료의 역사가 전자약이라고 하는 새로운 시대로 넘어가고 있는 것을 지금 지켜보고 있는 것이다. 현재 세계의 대형 제약사들은 인체의 질병이 신경계통에 전기 자극을 주면 부작용 없이 치료된다는 결론을 얻었으며 더 자세한 신경전기의 파악에 연구를 집중하고 있다고 한다.

지금까지 우리는 과학이라는 마술에 취해 현대의학이라고 하는 서양의학을 가지고 인간의 모든 병을 재단해 왔다. 그 결과 불치병 또는 난치성 질환 또는 죽을 때까지 약을 먹어야 하는 만성병이 생겼다. 그리고 보이는 외면만 가지고 연구하고 치료하는 반쪽짜리 의학의 결과로 평생 병원을 떠나지 못하고 끊임없이 검사하고 예방접종을 해야 하는 문제를 만들어왔다. 그러나 이번 조선일보의 보도와 같이 때가 이르러 전자약이라고 하는 - 동양의학적으로 말하면 - 기혈순환 체계에 대해 연구가 시작되었으니 이제 보이는 외형을 연구하는 서양의학과 인간의 내면을 연구하는 동양의학이 협조하여 불치병, 난치병, 만성병 등의 질병을 해결하는 시대가 도래 할 날이 멀지 않았다.

임맥과 독맥

이번 겨울에 독감이 유행이란다. 감기는 만병의 근원이라 주의해서 다스리지 않으면 노약자나 병중에 있는 사람은 매우 위험해질 수가 있다.

뜻하지 않게 감기에 걸리면 할 수 없이 병원에 가게 되는데 사실 병원에 갔다고 감기가 금방 낫는 것은 아니다. 왜냐하면 감기라는 병에는 약이 따로 없기 때문이다. 감기뿐만이 아니라 순환기성 질병 즉, 고혈압이나 당뇨, 뇌출혈 등은 병명은 분명히 있지만 그 병을 낫게 할 수 있는 약이 현재는 없다. 병의 진행을 늦춘다든가 위험한 상태를 막아주는 정도의 치료를 하고 있다.

세계에는 수많은 병원이 있고 수많은 인재가 의사로서 난치성 또는 불치병 극복에 노력하고 있지만 '비만' 하나만 해도 전혀 해결의 기미가 보이지 않는다. 현대의 식습관이 대부분의 나라에서 비만, 당뇨 등을 만드는데 비만을 치료해 보겠다고 여러 가지 약을 개발해 보고 고도의 비만 환자의 경우는 위밴드수술까지 하면서 노력하지만 약이나 수술로 인한 부작용의 소식만 들릴 뿐 개선되었다는 소식은 듣기 힘들다.

서양에서 발달한 현대의학은 질병을 일으키는 병원균을 확인하고 항생제를 투여하거나 수술 을 하는 전투지향적인 방법으로 병원균을 박멸시키고 병으로 기능을 상실한 신체부위는 잘라냄으로써 사람이 건강해질 수 있다고 믿었다. 그러나 전염성 질환이나 사고나 외부적인 원인을 가지고 있는 문제에서는 뛰어난 효과를 보이지만 원인을 내부로 돌려놓으면 무장해제 되는 것이 현대의학이다.

오히려 병원균에 대한 강한 조치가 신체의 다른 조직까지 기능상실에 이르도록 하고 있다. 병원균을 확인할 수 없고 원인을 모르는 비만이나 당뇨, 뇌경색, 심장질환, 암 등은 여러 가지 이름으로 부르지만 사실 병의 원인을 찾아 들어가면 한가지로 귀결된다. 그 병명은 하나, 내부순환기성 질환이다. 그러므로 치료도 한 가지 방법인 막힌 길을 뚫어주면 된다.

중고차를 살 때 가장 중요한 것이 사고 차를 가려내는 것이다. 차가 오래되지 않았는데 중고차 시장에 나온 것을 보면 그중에는 사고로 인해서 크게 수리를 하여 팔아버리는 경우가 가끔 있다. 잘못하여 그런 차를 사서 운행해 보면 엔진오일이 약간씩 새기도 하고, 냉각수를 조금씩 보충해야 하는 차도 있고, 한겨울에 달려보면 어딘지 모르게 찬바람이 실내로 들어오기도 한다. 그러면서 조금씩 고장이 자주 발생한다.

자동차가 충돌을 한번이라도 하여 차의 균형이 깨지면 그 차를 폐차할 때까지는 절대로 원상태로 돌릴 수가 없다. 자동차가 미세하지만 약간이라도 틀어지면 그것이 운행 중 끊임없이 진동을 만들고 그 불규칙한 진동은 자동차 부품의 볼트를 풀어버리기도 하고 부속품에 균열이 일어나도록 작용을 하기도 한다.

사람도 원인을 알 수 없는 질병 즉, 순환기성 병을 가지고 있는 경우는 자동차의 축에 해당하는 인체 척추가 변형이 되었다는 것을 금방 알 수 있다. 요즈음 젊은 사람들에게 많이 나타나는 일자목 현상. 컴퓨터라든가 스마트폰 등을 너무 많이 해 목의 경추가 본래의 형태를 잃어버리고 일자목이 되었다고 의사들은 진단한다.

젊은이들의 일자목이 문제가 되는 것은 목의 경추가 본래의 형태를 잃으면 그 다음에는 심각한 문제가 기다리고 있기 때문이다. 그것은 원인을 알 수 없는 전신적인 문제 즉, 두통이나 이명, 어깨통증 등 여러 가지 문제를 발생시킨다. 이와 같이 중요한 일자목 현상을 많은 의사들은 단순히 반복적인 행동을 통한 변형이라고 말하지만 그렇게만 볼 수는 없다.

무릎 관절이 아픈 사람은 우리 주변에 수도 없이 많다. 그런데 드물게 일을 너무 많이 해서 허리나 무릎 관절이 아프다고 하는 사람도 있지만 평생을 사무직으로 일한 사람들 또는 가정주부 등 전혀 무릎에 반복적인 무리를 줄 일이 적은 사람들이 더 많이 무릎이나 허리가 아프다. 축구선수나 육상선수들이 사실상 무릎에 엄청난 무리가 가도록 운동하지만 그런 사람들이 관절염이 있다고 하는 소리는 듣기 힘들다. 그러므로 반복적인 행동을 통해 관절이 손상되었다든가 또는 경추의 변형이 왔다는 설명은 수긍하기 힘들다.

자동차는 약 2만여 개의 부속품들이 구조를 이루어 정밀하게 조립되어 있다. 엔진에서 발생하는 강력한 동력은 무거운 차체를 가볍게 움직이고 전체 부품은 자동차의 운행을 위하여 하나로 기능을 발휘한다.

그러나 여러 가지 이유로 차체에 약간이라도 변형이 오면 2만 여개나 되는 부속품 중 약한 부분부터 문제가 조금씩 발생하여 고장을 만들기 시작한다. 처음에는 작은 고장이기 때문에 귀찮기도 하고 시간이 없어서 대부분 방치한다. 그러나 반복적인 문제가 계속 일어나면 사고 중고차의 경우 차대를 바르게 하는 것이 재발을 방지할 수 있는 가장 완벽한 방법이지만 알고 있듯이 자동차는 그것이 불가능하다. 폐차라는 마지막 방법 외에는 없다.

사람도 사고 자동차의 운전수와 같은 잘못된 생각으로 몸을 움직이며 패스트푸드와 같은 건강하지 않은 음식과 술을 먹거나 마약 등을 투여해 육신을 병들게 하고 근심, 걱정, 분노 등으로 몸을 망치면 처음에는 잘 못 느끼다가 어느 순간 몸 안에서 순환기성으로 불리는 불통의 문제가 일어난다. 이때 수술이나 약물 등으로 병들고 막힌 부분을 일시적으로 소통할 수는 있겠지만 그것이 근본적인 치료가 되지 않고 또 다른 문제를 만들고 계속 재발을 일으킨다. 이것은 근본적인 원인을 제대로 파악하지 못하기 때문이다.

동양의학은 일찍이 사람의 기능이 모두 들어 있는 몸뚱이를 중심으로 인체의 5장 6부를 관리 감독하는 자리로 임맥이라는 혈자리를 잡아 수리와 보수를 할 수 있도록 하고 자동차의 차대에 해당하는 척추를 중심으로 감독하는 자리 즉, 독맥을 배치하여 5장 6부의 기능을 조절하도록 혈자리를 잡아놓았다.

신경이나 혈관, 임파선 등 인체 안을 순환하는 모든 것의 운행을 정확히 파악하여 조금이라도 잘못되면 언제든지 누구나 쉽게 보정할 수 있도록 길을 열어놓은 것이다. 이와 같이 인체의 임맥과 독맥을 통한 치료를 하게 되면 자체 교정이 되고 부작용이 없으며 누구나 할 수 있다. 무엇보다 가장 뛰어난 것은 현대의학으로 밝혀진 수천 가지 질병을 5장 6부에 해당하는 10여 군데 혈자리를 통하여 병명을 일원화시켜 쉽게 치료해 갈 수 있다는 것이다.

우리나라에는 여러 가지 종류의 도로가 있다. 고속도로를 비롯하여 기찻길, 국도, 작은 지방도 그리고 대도시를 돌고 있는 순환도로, 지하철 등 끊임없이 도로를 통해 흐르는 물류는 5,000만 국민이 다니며 먹고 쓰고 소비하는 모든 것을 운반한다.

만약 눈이 많이 온다거나 자연 사태로 길이 막히면 한 지역이 고립되고 어려움에 처하게 된다. 국내를 돌고 있는 물류시스템은 여러 가지 경로를 통해 잘 유통이 되고 있지만 보편적으로 가장 잘 막히는 곳이 또한 있기 마련이다. 일반적으로 경부고속도로를 타고 지방에서 서울로 올 때 서울입구 정도 가면 항상 밀리는 병목지점이 있다. 모든 지방의 물류가 사람의 머리에 해당하는 서울로 한꺼번에 모이는 지역이라 우리는 이런 지점을 병목이라 부르며 당연히 차가 밀리는 지역이라고 인식하고 있다.

사람 몸도 마찬가지 구조로 되어 있다. 인체의 몸통에서 사지로 내려가는 팔과 다리는 비슷한 굵기를 유지하고 있지만 유독 몸과 머리를 이어주는 목은 혈류나 기도 식도 등이 병목과 비슷한 구조의 좁은 공간에 자리하고 있다. 그래서 조금만 문제가 발생해도 제일 먼저 막히는 곳이 목이고 목에서 문제가 발생하면 온몸에 질병을 일으키는 원인을 만들게 된다.

일반적으로 직장에서 해고되는 것을 '목이 잘렸다'고 표현하고, 옛날 사형수도 목을 치는 것으로 사형집형을 하였다. 이런 내용들은 목에 사람의 생명이 있다는 것을 간접적으로 표현한 것이라는 생각이 든다. 만병의 근원인 감기도 목 안에 혈류의 흐름이 좋지 않은 사람이 잘 걸린다. 두통이나 치통, 이명 등도 사람의 목만 관리 잘 하여도 모두 해결된다. 그것뿐이 아니라 생명이 마지막 끝나는 순간도 암이나 다른 질병으로 죽는 것 같지만 생명의 마지막은 여러 가지 병으로 인하여 목 안에 가래가 발생하여 호흡을 막음으로써 끝이 나게 된다.

사람이 대략 100년을 산다고 하지만 주변에서 끊임없이 발생하는 문제 – 가정문제, 사회적인 문제, 경제문제, 친구와 친척 문제 등 – 때문에 단 한 순간도 마음 편히 살기 힘든 세상이 되었다.

내 주변에서 일어나는 단 하나도 놓칠 수 없는 많은 문제에 대하여 또한 그것이 단 하나도 내 마음대로 되지 않는다는 안타까움에 대하여 사람들은 끊임없이 분노하며 산다. 그것은 우리들의 목에서 혈류의 병목현상을 발생시키고 목을 지나가는 식도, 기도, 혈관, 신경 등 여러 가지 생명줄에 끊임없이 상처를 주며 살고 있다. 그렇기 때문에 우리는 나이를 먹은 만큼 정확히 목구멍에 이상이 발생하며 심한 사람은 일반인 호흡의 절반 정도 밖에 안 되는 정도로 목이 막혀 있는 경우도 많이 있다.

그래서 사람은 첫째도 둘째도 목 관리를 잘해야 한다. 쑥뜸이나 사혈 등을 통하여 병목현상을 해소하면 목 밑에 자리하고 있는 인체 모든 장기의 기본적인 건강을 유지하는데 문제가 없다. 특히 경추 7개는 사람의 건강이 걱정되는 나이가 되면 누구나 사혈을 통하여 경추뼈 7개의 상태를 항상 정상으로 유지시켜야 한다. 경추뼈가 탈골되거나 일자목으로 굳어지는 것이나 또는 경추를 지지하고 있는 인대근막에 피로도가 쌓여 탄성이 떨어지면 경추가 받치고 있는 사람의 머리와 얼굴 전체에 직접적으로 여러 가지 결과로 나타난다.

현대인이 가장 무서워하는 질병은 사망률이 가장 높은 암이나 뇌출혈이 아니다. 바로 치매다. 근래 들어 치매로 인해 가족의 삶이 망가져버린 사건이 있었다. 다른 병과 달리 치매는 절대적으로 보호자가 있어야 하고 24시간 보호자의 간병을 받으면서도 보호자와 환자 모두가 삶의 끝자락으로 떨어져버릴 수 있는 사회적으로나 가정적으로 심각한 문제이다.

얼마 전 유명 연예인의 부모가 그 연예인의 할아버지 할머니의 치매를 간병하다 동반 자살한 사건이 있었다. 경북 청송의 80대 노부부의 저수지 자살사건도 있었다. 가정적으로 너무나 끔찍한 일들이 바로 치매로 인해 일어날 수 있다.

오랜 병에 효자 없다고 평생을 같이 해온 부부라도 한쪽이 치매로 문제를 일으키면 부부 중 한 사람이 무한한 간병을 감당할 수 없다는 데 문제의 심각성이 있다. 현재도 치매로 고통 받고 있는 사람이 50여만 명이 넘는다고 하는데 앞으로 또 얼마나 많은 사람이 삶의 끝자락으로 내몰릴 것인가. 미리 예방하여 절대적으로 막아야 하는 것은 치매로 인해 한 사람의 인생이 붕괴될 수 있기 때문이다.

중풍환자나 치매환자의 백회혈 사혈을 해보면 피가 나오는 것이 아니고 잉크 비슷한 물이 나오는 것을 보게 되는 때가 있다. 그것은 두뇌로 피가 제대로 흘러가지 않는다는 것을 바로 보여주는 것이다. 뇌 안에 머물러 있던 피가 산화되어 이미 피의 기능을 상실하고 그대로 부패되기 시작한 것이다. 이런 피는 치매환자의 머리에서 사혈하면 나온다. 백회혈을 사혈하여 기능을 상실한 어혈(잉크 빛깔)을 충분히 뽑아내고 더불어 아문혈을 중심으로 경추 1번, 2번 자리를 사혈하면 뇌질환의 대부분이 해결된다. 특히 치매까지 또는 중풍까지 가기 전에 머리가 자주 아프다거나 편두통 또는 눈에 이상이 생겼을 때도 경추 1번과 2번 혈을 사혈하면 빠른 효과를 볼 수 있고 중풍과 치매예방에 확실한 효과를 기대할 수 있다.

요즈음은 도시에서 비염이나 축농증 등으로 고생하는 아이들을 많이 볼 수 있다. 현재의 음식이라든가 공해나 중국에서 날아오는 미세먼지 등 모든 것이 코에 염증을 일으키고 부비동이 곪도록 만들고 있다. 그러나 코 질환은 생명에 직결되는 것인데도 사실 코 안에 문제가 발생하면 고치기는 힘들다 그럴 경우 경추 3번, 4번을 사혈해 보면 당장 코가 시원하게 뚫리는 효과를 볼 수 있다. 더불어 경추 5번, 6번을 같이 사혈하면 충치나 잇몸질환, 편도선염 등과 목 안에 생기는 가래, 갑상선, 기관지 등 모든 것이 한꺼번에 해결된다.

겨울철만 되면 감기로 고생하는 사람이 많은데 경추 3, 4, 5, 6번 사혈은 감기를 가장 빨리 낫게 하는 비법이다. 요즈음 특히 신경 쓰이는 일 중에서 나이가 들어가면서 기억력이 떨어진다든가 얼굴에 검버섯 같은 것이 생기면서 얼굴색이 검어지는 등 보기 싫은 반점 등이 생기는 것이다. 이것도 목을 사혈하면 좋다. 사혈해서 화장을 하지 않아도 될 만큼 얼굴이 맑아지는 것은 머리로 올라가는 동맥의 혈류가 좋아지기 때문이다. 뇌 속에 산소의 포화도가 높아져서 머리나 얼굴에 나타나는 모든 문제는 확실하게 해결할 수 있으니 목의 경추 7개를 사혈하지 않고 노년을 보낸다는 것은 있을 수 없는 일임에 틀림없다.

대추혈과 흉추 1번 도도혈은 사람의 목과 목 아래 몸뚱이를 연결하는 교차로 같은 자리이다. 도로에서도 항상 교차로에서 문제가 많이 발생하듯이 사람도 육신에 병이 생기기 시작하면 먼저 대추혈 교차로부터 문제가 생긴다. 사람들이 이유 없이 어깨가 아프다거나 팔이 저리고 밤에 통증이 있다고 하소연하는데 이런 경우 대부분 대추혈과 도도혈을 사혈이나 뜸으로 다스리면 깨끗이 치료된다.

특히 팔이 저리거나 어깨 등이 아프기 시작한 사람들을 보면 대부분 노년인 사람이 많은데 그것은 대추혈이나 흉추 1, 2번 등이 막혀 호흡기 장애가 발생한 것이다. 이런 경우 폐활량이 줄어들고 대부분 심장질환도 같이 가지고 있는 사람에게 이런 증상이 많다. 그렇기 때문에 노년의 건강한 삶을 위해서는 팔이 아프기 시작하고 어깨가 무거우면 빨리 치료해야 되는 자리이다.

흉추 3번 신주혈과 흉추 5번 신도혈은 심장을 움직이는 신경이 나오는 자리이다. 그러므로 심장질환의 모든 것은 대추혈과 도도혈을 먼저 사혈하여 기관지를 깨끗이 하는 것이다. 신주혈과 신도혈을 사혈이나 뜸으로 다스리면 심장질환의 대부분은 해결된다. 특히 부정맥과 같이 현재의 의학으로는 어려운 경우도 독맥 신주혈과 신도혈을 뜸하고 임맥 전중혈을 사혈하면 확실히 개선되는 것을 많이 보아 왔다.

오늘 TV에서 아프리카 에볼라사태에 파견된 우리나라 봉사대원 한 명이 채혈침에 찔려서 독일로 후송되는 것을 보았다. 독일에서 검사해 보니 음성으로 나와서 걱정하지 않아도 된다고 하니 다행이다.

현대인을 두렵게 하는 전염성 질병 중에 조류독감이라든가 에볼라,

살인진드기 등 말만 들어도 피해가고 싶은 이런 문제도 첫째, 사람의 호흡기가 깨끗해야 하지만 무엇보다 간 기능이 좋아야 한다. 간은 인체의 모든 질병에 대해 방패와 같은 기능을 하는 곳으로써 간 기능이 양호하면 특정 바이러스나 병원균 등에 대해 크게 걱정하지 않아도 된다.

간 기능이 좋지 않은 사람들을 보면 여러 종류의 바이러스로 인해 간수치가 좋지 않은 사람이 있고 간경화나 간암 등 간에 발생하는 여러 종류의 질병이 있고 그것을 대하는 치료도 약물이나 수술. 방사선 등 여러 가지가 있지만 척추를 통한 치료는 근축혈 하나에 간 기능의 전부가 담겨 있다. 간을 움직이는 신경이 근축혈과 중추혈을 통하여 작용하기 때문에 수십 가지 병명을 검사하고 여러 가지 약물로 처방하지 않아도 근축혈과 중추혈 사혈을 통하여 간 기능을 충분히 개선해 나갈 수 있으며 흉추 9번 근축혈과 10번 중추혈은 간 기능 개선과 11번 축중혈과 더하여 비장과 위장의 기능을 개선할 수 있다. 요추 2번 명문혈은 신장 기능을 관리하는 신경의 통로. 요추 2번과 4번을 다스려 신장 기능을 개선하면 방광과 허리가 살아난다.

직접구 쑥뜸은 경혈이나 병든 자리에 직접시구를 하게 되면 수백도에 이르는 강렬한 열과 전기적인 자극으로 인하여 병든 근육이나 근막 인대 등에 전기 화학적인 반응이 일어난다. 석회화되어 굳어가는 부분은 바로 풀어지기 시작하고 염증으로 근육이 힘을 잃고 농으로 차 있는 부분은 쑥뜸의 화학적인 작용으로 염증이 녹으면서 쑥뜸으로 피부가 벌어진 틈을 통하여 고름으로 배출이 된다. 쑥뜸과 부항 사혈을 할 수 있다는 것은 현시대의 대부분의 순환기 질병에 대해 확실하게 대처할 수 있는 축복이 아닐 수 없다.

살인진드기 문제없다

이웃집 사람이 감 농장에서 풀을 베다가 진드기에 물렸다고 급히 찾아왔다. 뉴스상으로 살인진드기 얘기를 들은지라 벌써 얼굴이 새파랗게 질렸다. 시골 사람들은 TV나 신문지상으로 또는 농협교육을 통하여 항생제가 없고 치료할 수 없다고 알고 있는 문제인지라 얼마나 걱정을 하는지 옆에서 보고 있을 수가 없었다.

그런데 병원으로 가지 않고 나에게로 바로 찾아온 것이 일전에 내가 직접구 쑥뜸은 뱀독에도 확실한 효과가 있고 개에게 물렸거나 못에 찔린 상처 등에도 직접구 쑥뜸보다 좋은 것이 없다고 하는 얘기를 들었기 때문이다. 걱정을 하고 있는 그를 안심시키고 치료해줄 테니 상처를 보자고 하니 진드기에 물린 자리가 조금 난처한 위치다. 바로 허벅지 위쪽을 물렸다고 한다. 한편으론 웃음이 나왔으나 참고 그러면 나에게 치료받을 필요 없이 지금 내가 알려줄 테니 집에 가서 치료해도 된다고 하면서 뜸쑥과 뜸향을 준비하니 미리부터 겁을 먹고 걱정을 한다. 쑥뜸이라는 것을 한 번도 해보지 않았는데 자기가 어떻게 하겠냐고 그래서 내가 뜸쑥을 나의 팔위에 한 방을 놓는 것을 보여주면서 집에 가서 진드기에 물린 자리에 약 20방 이상을 놓으라고 가르쳐서 내려 보냈다.

못미더워하는 그를 백번 안심시켜서 보내놓고 지금 며칠이 지났는데 병원 갔다는 말도 없고 그렇다고 아파서 어떻게 되었다고 하는 얘기가 없는 것을 보니 잘하고 있는 모양이다. 잠복기간이 일주일 이상 갈 수 있다고 알고 있는지라 아마 지금도 확신은 못하고 걱정 속에 있을 것이다. 만약 쑥뜸을 하지 않았으면 병원에서 불필요한 항생제나 다른 제재 약으로 시간 낭비하고 돈 들고 그렇다고 안심할 수도 없는 노릇인지라 얼마나 수고가 되었을까.

쑥뜸의 효능은 구태여 여러 가지 질환에 좋다고 일일이 열거하지 않아도 그야말로 만병통치다. 몇 달 전에 옆집 아주머니가 먹다 남은 음식을 우리 집 개에게 주기 위해 왔다가 손가락을 물리는 일이 있었다. 우리 집 멍멍이가 조금 귀여웠던지 먹이를 입에 넣어주다가 손가락 4지 끝이 약 1cm 정도 찢어지는 일이 벌어졌다. 조금씩이지만 피가 뚝뚝 떨어지니 아주머니가 큰일이라도 난 듯이 우리 개가 광견병주사를 맞았는지 물어본다. 사실 시골에 있는 똥개를 누가 광견병이나 다른 질환주사를 맞혀가면서 키우겠는가. 새끼를 사서 우리가 키우기 시작한지 약 3년 정도 되는 개인데 지금까지 한 번도 가축병원에 가본 적이 없다. 그러니 이런 얘기를 듣는 아주머니가 속으로 제법 놀라는 눈치이다. 나에게 광견병주사를 맞히지 않았느냐고 다시 확인하는 것을 보면. 그러나 걱정할 것이 없다고 설명하고 뜸쑥을 가져와 4지 손가락 찢어진 부위 두 곳을 잡아 직접구로 쑥뜸을 시작하니 두 번째 뜨는 중에 나오던 피가 멎고 약 20번 정도 뜨니 벌써 진정이 되기 시작한다.

염려마시고 내일 다시 오라고 하면서 시골에 살고 있는 사람들이 알면 매우 도움이 된다고 하면서 직접구 쑥뜸의 이용법을 장황하게 설명을 했다. 평소 같으면 귓등으로 흘려들었을 것을 본인이 직접 개에게 물려보니 아주 신중하게 듣고 또 여러 가지 질문도 많이 한다.

그래서 앞으로는 산에 갈 때나 또는 생활 속에서 쑥뜸을 많이 이용해야겠다고 했던 사건이 주변에 제법 알려진 모양이다. 살인진드기에 물렸다고 병원으로 가지 않고 나에게 바로 왔다는 것은 그만큼 아주머니가 개에게 물린 자리가 쑥뜸으로 지혈이 되고 광견병이나 그 외 녹슨 못에 찔린 자리에도 확실한 효과를 낸다고 하는 내 말이 매우 신뢰가 갔던 모양이다. 사실 시골에 살다보면 지네라든가 모기 등도 자주 접촉이 되지만 일하다가 못에 찔릴 수도 있고 산에서 뱀에게 물릴 수도 있다. 그때 병원까지 가는 시간이나 또는 파상풍주사 등 주사약의 독성 등 많은 부작용을 생각하면 쑥뜸만큼 확실하고 깨끗하고 건강한 것이 없다. 직접구 뜸쑥을 조금 가지고 다니면 크게 돈들 것도 없으려니와 부피가 많은 것도 아니고 쑥뜸 뜨는 것이 어려운 것도 아니다. 콩알 반 정도 되도록 쑥을 말아서 환부에 놓고 불을 붙이면 그만이다. 지혈도 되고 소독 해독도 되고 기혈순환을 도와 질병치료에도 확실하다.

순간 온도가 약 600도 가까이 올라가는 직접구 쑥뜸은 어떤 바이러스나 병원균 등이라도 제어 못할 것이 없다.

살인진드기라고 하니 막연한 공포감도 들고 괜스레 풀숲에 들어가는 것이 두려워질 수도 있다. 그러나 올여름 산과 들로 다니며 산행을 해야 할 일도 많고 농촌에서 농작물 재배와 수확을 위하여 풀숲에 들어갈 일은 많이 있다.

그러나 뜸쑥 한 쌈이면 뱀이든 살인진드기 등 걱정할 것 없이 자유로운 활동이 보장된다. 평소에 조금만 주의하고 만약 진드기에 물리는 불상사가 발생하면 즉시 환부에 뜸을 떠보자. 쑥뜸이 얼마나 대단한지 바로 알게 된다.

암은 감기와도 같아 치료가 쉽다

불과 10여 년 전만 해도 병원에서 암이라고 진단받으면 바로 사망선고로 받아들였다. 그런데 지금은 생존율이 아주 높다고 한다. 치료약이 많이 개발되었고 항암의 3대 치료인 방사선이나 항암제의 독성이 많이 줄었다고 한다.

사실상 생존율이라고 하는 것이 병원에서 정확한 데이터를 가지고 말하는 것이기 때문에 확실할 것이라고 생각할 수가 있으나 조금만 자세히 알아보면 완전히 믿기에는 문제가 많다는 것을 알 수 있다.

건강검진기술의 발달과 시민의식이 합하여 매년 초기 암을 빨리 진단해 내는 효과가 있고 또 요즈음은 옛날과 달리 아무리 심한 암 환자라 해도 방사선이나 항암제를 과하게 사용하지 않는다는 것이다. 그 덕분에 지금 암센터에 가보면 항암제를 40번 넘게 받고 있는 사람도 볼 수 있다. 그리고 요즈음은 의식 있는 사람이 암이라도 발견이 되면 병원에만 마냥 몸을 맡기지 않는다. 기본적인 항암치료가 끝나면 바로 자연적인 치료법으로 암을 이겨내려 노력하는 사람들이 많다.

병원에서 발표하는 생존율은 암이 발생한 사람 모두를 백분율로 하기 때문에 단순히 생존율만 믿고 병원에 몸을 맡기면 결코 좋은 결과가 나올 수 없다. 항암 3대 요법으로는 절대로 사람을 살릴 수 없다는 것은 확실한 사실이다.

실제로 똑같은 암 환자 두 명이 살고 죽고의 차이는 그 사람의 생각 나름이다. 현재 불치병이며 만성질환인 암이나 고혈압, 당뇨 등 생활습관성질환은 말 그대로 병명을 확인하는 순간 병원이나 약에 의존하지 말고 그 사람의 생활자체를 바꿔야한다.

몸에 좋지 않는 식습관을 완전히 바꾸고 게으름 부리지 말고 뛰어일어나 열심히 운동하고 즐겁게 살아가면 치료되지 않는 습관성 질환은 없다. 히포크라테스도 음식으로 고치지 못하는 병은 약으로도 고칠 수 없다고 말하지 않았던가.

그러나 암이나 고혈압 등으로 쓰러지는 사람들을 보면 전혀 그들의 의식이 바뀌지 않은 채 약에만 의지하고 남의 말에만 귀를 기울인다. 이 병원 저 병원으로 병원 순례를 하고 남들이 먹어서 효과를 봤다고 하는 여러 가지 약과 처방으로 시간을 허비하다가 결국 낭패를 보는 경우를 많이 보았다.

암은 감기와도 같다. 그러므로 치료가 쉽다는 얘기다. 감기는 누구나 겪는 아주 단순한 문제다. 일반적으로 며칠 잘 쉬면 나을 수 있고 가만 놔두어도 대부분은 시간이 조금 지나면 언제 나았는지 모르게 지나가 버리고 만다.

이렇게 간단한 병인 줄 알고 대수롭지 않게 생각하기도 하지만 우리는 감기를 만병의 근원이라 오래전부터 얘기해 왔다. 대수롭지 않다고 하면서도 왜 만병의 근원이 될 수 있다고 생각하는 것일까.

물론 의학적으로 보면 감기를 오래 달고 사는 사람들의 대부분은 만성폐질환이나 비염이나 축농증 등 호흡기계 질환으로 이미 기본적인 건강상태가 부실한 사람이 많다. 그러나 감기야말로 대표적인 생활습관성 질환이다. 모든 병의 뿌리가 되고 옛말로 고뿔이라고 하였듯이 코에서 시작하여 인후두를 거쳐 폐에 이르기까지 일단 병이 만들어지면 전신성 질환으로 번질 수 있는 가장 확실한 것이 또한 감기다.

해마다 겨울이면 감기를 달고 살고 심한 사람은 여름에도 간혹 감기에 걸린 사람을 볼 수 있는데 감기를 못 떼고 사는 사람들은 전체적으로 몸의 체온이 떨어져 있고 그로 인하여 내장 기능이 많이 위축되어 있다.

쉽게 말해서 먹어도 몸에서 에너지화되지 못하고 내장에 지방으로 축적되어 혈액을 탁하게 만들어 비만이나 당뇨 등 순환기성 문제를 가지고 있다.

호흡기질환이라 함은 단순히 코만 생각할 수 있지만 코로 대표되는 눈, 귀, 입 모두가 관련되어 있다. 왜냐하면 눈과 귀 그리고 코와 입은 모두 목구멍이라고 하는 하나의 구멍을 통하기 때문에 감기는 기관지질환이자 호흡기 질환인 것이다. 목에 이물질이 걸려서 재치기라도 크게 하게 되면 콧물 눈물이 다 나오고 귀도 멍멍해진다.

그러므로 호흡기라고 하는 것은 눈, 귀, 입, 코 모두를 가리키는 것이다. 눈, 귀, 입, 코 모두를 통해서 인체 안으로 들어가고 吸(흡) 나가는 呼(호)의 모든 원인들이 병을 만들기도 하고 건강을 만들기도 한다.

약 10여 년 전에는 암이나 당뇨 등 순환기계 질환은 성인병이라고 불렀다. 그 병의 원인을 찾지는 못했지만 대부분 인생의 긴 노정을 지나온 사람들이 가지게 되는 병이라 사람의 노화로 인해 자연발생적으로 만들어지는 것이라 생각되어 성인병이라 이름 불렀다. 그러나 근래 들어 어린이에게도 당뇨가 발생하고 암이 발견됨으로 인하여 병명을 생활습관성 질환이라 고쳐 부르게 되었다.

그것은 암이나 당뇨 등 순환기계 질환이 생활습관과 밀접한 관련이 있다는 것이다. 사람의 성격이나 생활습관으로 인하여 사람의 몸에 영향을 미치는 것은 먹는 음식과 한국식으로 표현하여 마음먹기에 따라 달라지는 호흡에 모든 원인이 있다.

그런데 이와 같이 인체의 모든 원인이 들어오는 코와 입, 눈과 귀에 의해서 그 내용물이 달라진다는 것이다. 눈과 귀는 물론 눈에 보이지 않는 것이 들어온다. 눈은 빛으로 보고 귀는 소리를 듣는다. 그 눈과 귀로 들어온 빛과 소리의 정보는 코와 입의 모든 것을 주관하여 식성이나 취미, 성격 등 개인의 개성을 만들어 음식의 종류와 양도 조절하고 호흡의 상태도 조절한다.

그래서 몸으로 들어가는 산소와 음식물의 작용에 따라 각자가 다른 개성체로 발전해간다. 예를 들면 혈기를 잘 부리는 사람들은 코로 마시는 산소의 질과 양이 줄어든다. 마음속에 긴장과 화를 품고 있으면 기가 위로 올라와 얕은 호흡이 되고 얼굴에 열이 올라 코로 들어오는 공기의 산소가 과열된 상태로 폐로 가게 되어 폐가 건조해지고 코도 마르면서 비강의 콧물이 딱지로 눌러 붙어 코의 건강이 부실해진다.

이와 같이 눈으로 들어오는 정보와 귀로 들어오는 소리는 본인의 가치 판단에 따라 똑같은 말이라 하더라도 좋게 해석할 수도 있고 똑같은 내용을 보아도 사람마다 판단이 달라진다.

어릴 적에 시골의 외갓집에 가면 할머니께서 누에를 키우고 있는 것을 볼 수 있었는데 나는 처음 보는 누에가 징그러워서 손으로 만져 볼 수가 없었다. 그러나 외할머니는 누에를 귀하게 생각하셨다. 그 당시에는 양잠이 시골의 큰 수입원이었기 때문에 정성들여 다루는 것을 볼 수 있었다.

보는 눈에 따라서 사람의 느낌이 완전히 다를 수 있기 때문에 똑같은 사물을 놓고도 여러 가지로 다르게 생각할 수 있다. 누에를 징그럽게 생각하는 사람도 있고 남들이 모두 무서워하고 싫어하는 뱀을 유독 좋아하는 땅꾼들도 있다.

이와 같이 사람이 눈으로 보고 귀로 듣는 작용이 세상의 사물을 똑같이 보고 똑같이 듣느냐하면 전혀 그렇지 않다 하는 것이다. 비릿한 냄새가 나는 생선국을 싫어하는 사람과 그것을 아주 좋아하는 사람이 있다. 서로 다른 것은 그들의 코와 입이 그 내용을 전혀 다르게 받아들이고 있다는 것의 반증인 것이다.

동양의학의 체질론에서는 사람은 기본적으로 4상 체질이나 8상 체질로 본다. 사람의 근본 구성 요소 등이 서로 다르다 하는 것을 말하고 있는데 그것은 이와 같이 보는 눈과 듣는 귀의 작용이 서로 달라 그 사람의 입맛도 조절하고 생각도 만들어 행동이 달라지기 때문에 그 사람이 먹게 되는 마음이나 음식물에 의해 피와 살이 만들어져서 체질이라는 말이 나오는 것이다.

조금 나쁜 일도 좋게 보고 좋게 들으면 입과 코는 그 내용에 맞추어서 좋은 음식을 찾게 되고 즐거운 마음으로 음식을 먹게 된다. 그러나 무엇이든 마음에 들지 않고 항상 나쁜 쪽으로만 생각하는 사람은 먹는 음식의 종류도 완전히 다르다. 술이나 마약과 같이 중독성 있는 것을 찾는 것은 그 사람의 성격에 달려 있다.

그렇기 때문에 각 개인이 말하는 것, 먹는 것, 보는 것, 듣는 것, 걸어가는 것, 일하는 것 등 은 그 사람의 오감에 의한 두뇌의 생각이 외부로 나타나 펼쳐지는 것이기 때문에 그로 인하여 얼굴의 표정이나 몸의 근육이 다른 그 사람만의 개성체가 되게 한다. 그것은 오감을 통한 그 사람의 생각이 두뇌의 지령으로 신경을 통하여 인체로 내려가면서 머리에서 경추를 통하여 얼굴과 목의 근육을 통제하고 또한 흉추를 통하여 인체안의 5장 6부를 주관하며 요추와 미추 등을 통하여 창자와 생식기 등을 컨트롤한다.

간에 암이 생기거나 간경화 등 인체 내부 장기에 발생하는 만성적인 질환들은 지금까지 확실한 원인을 몰라서 정확한 처방을 할 수 없었다. 그것은 사실 내부 장기를 담고 있는 사람의 행동이나 습관, 생각 등이 총체적으로 작용하여 생긴 근육의 이상이다. 근육의 이상은 또한 그 속에 있는 혈관의 이상을 만들고, 인체의 근육이 제자리에 고정될 수 있도록 사람을 지탱하고 있는 뼈의 문제가 근본이기도 하다.

그렇기 때문에 병이 발생하고 문제가 생긴 부분을 보면 해당 장기나 근육의 신경이 뻗어 나온 뼈의 관절에 문제가 있는 것을 확인할 수 있다.

고속도로를 따라 차량을 운행해 보면 항상 나들목을 중심으로 차가 밀리기 시작한다. 그래서 명절이나 특별한 날은 특정 나들목을 폐쇄하여 운행의 흐름을 개선하기도 하는데 사람 몸 안의 혈관이나 신경의 흐름에 정체가 생기고 어혈이라고 하는 피떡이 만들어져서 혈액의 흐름을 방해하여 병을 일으키는 곳을 살펴보면 고속도로의 나들목에 비유되는 뼈의 관절에 문제가 있는 것을 발견할 수 있다.

사고나 병으로 척추를 중심으로 뼈 관절에 문제가 생기면 하반신 마비가 되거나 경추를 다쳐 전신마비가 될 수 있다. 그것은 대표적으로 경추나 척추를 통하여 인체의 모든 근육이나 장기를 조정하는 신경 다발이 내려가고 있다는 것을 보여주는 경우다. 그렇기 때문에 무릎 관절신경에 문제가 생기면 연달아 무릎 근육이나 연골에 문제가 발생하고 다시 근육의 이상은 혈액흐름을 방해하여 산소와 영양 등이 부족해지면서 자연스레 염증성질환으로 발전하면서 무릎 관절염 같은 질환을 일으킨다.

생활습관성 질환이라 불리는 많은 병들의 또 다른 명칭이 난치성 질환이다. 그것은 생활습관성 질환들이 잘 낫지 않는다는 뜻이고 잘 낫지 않는다는 것은 아직까지 병의 원인에 대한 이해가 부족하다는 뜻도 된다.

그런데 현재의 의학이 암이나 당뇨, 고혈압과 같은 난치성 질병에 생활습관성이라 이름 붙인 것은 그 병의 원인을 정확히 알고 있다는 말이다. 생활습관이라는 것은 그 사람의 반복되는 행동을 통해 고착화되었다고 할 수 있다.

그것은 그 사람의 마음이 육신의 행동으로 나타난 것이기 때문에 또한 마음의 문제이기도 하다. 그렇기 때문에 습관적으로 반복되어 나타나는 그 사람의 행동은 그 사람의 마음의 발로이므로 그것은 또한 두뇌의 작용이기도 하다. 바로 그것이 육신의 오관을 통해 들어오는 정보를 본인이 가지고 있는 마음보의 기준에 따라 선별하고 재단하여 가고 오고 먹고 자고 하는 동작으로 나타나 그 개인의 건강이든 경제력이든 가정사 등 모든 문제가 만들어진다는 것이다.

그러므로 오감을 통해 받아들인 정보를 취합하여 사람의 모든 육신을 움직이는 지령이 신경을 통해서 나오는 것이다. 그것은 두뇌에서 경추와 척추, 요추뼈 등을 통하여 내려오므로 어떤 특징적인 질병이 발병했을 때 보면 그 기관을 관장하는 신경의 이상으로 인체의 기둥인 척추뼈 어딘가에 문제가 발생하였다 하는 것을 알 수 있다.

그래서 일찍이 동양의학에서는 경락의 흐름을 통해 경추를 비롯한 모든 뼈를 중심으로 신경의 분포도를 따라 혈자리를 정하고 침자리를 잡았던 것이다. 즉 뼈의 마디마디 206개 자리가 혈자리이며 침자리이자 급소이며 신경의 나들목인 것이다.

며칠 전 50대 후반의 김 사장 부부가 어깨통증이 너무 심해 일을 할 수 없을 정도이니 어떻게 하면 좋으냐고 찾아왔다. 젊은 시절부터 지금까지 그는 건축업을 하면서 병원 한번 간적이 없을 정도로 매우 건강하였다고 한다. 그래서 재산도 제법 만들었고 지금 벌려놓은 사업이 많은데 어느 순간부터인지 확실하지는 않지만 목과 어깨의 통증이 심하고 밤에 잠을 자다가 보면 손이 저려 은근히 걱정이 많았다고 한다.

그는 자리에 앉더니 대뜸 젊어서 너무나 일을 많이 해서 이제 아프기 시작한다고 하면서 특히 어깨통증이 무거운 짐을 너무 많이 져서 그렇다고 이미 본인이 진단을 하였다.

근래 들어 어깨통증이나 허리통증 등 관절부위의 통증을 호소하는 사람들이 많아졌다. 허리가 조금 아프면 병원 가서 단박 수술해버리는 사람도 있지만 또 다른 많은 사람들은 될 수 있는 대로 수술을 피해보고자 여러 가지 운동과 처방을 받아 실천해 본다. 그러면서 대부분의 사람들도 어깨통증이나 허리통증이 살아가기 해서 열심히 일하는 과정에서 생긴 불가항력적인 내용으로 인식하고 크게 생활방식을 바꿔서 병을 고쳐보고자 하는 생각을 하지 않는 것 같다.

물론 본인은 젊어서 너무나 짐을 많이 지었기 때문에 어깨에 무리가 가서 지금 통증으로 진행이 된 것이라고 생각하였다. 당연히 가족의 생계를 책임지고 있는 가장의 어깨가 얼마나 많이 무거웠겠는가.

어깨에 무거운 짐을 많이 지면 자연스레 척추가 비틀어진다. 물론 그것이 오랜 시간에 걸쳐 미세한 변화를 가져오기에 사람이 거의 느끼지를 못하고 진행이 되지만 수십 년 같은 일을 되풀이하면 어깨가 눌러지면서 척추가 변형이 되고 척추가 변형이 되면서 인체의 5장 6부를 담아서 받치고 있는 주춧돌인 골반이 틀어진다.

흔히 그 집안의 큰아들을 집안의 기둥이라 부른다. 건축물도 기둥이 튼튼해야 백년을 갈 수 있고 가정에서도 집안의 기둥인 사람이 바로서야 집안이 무너지지 않는다. 건축물의 기본은 주춧돌이다. 그 위에 기둥을 세우고 그 위에 지붕재가 얹힌다. 그리고는 벽을 바르고 바닥을 하는데 이렇게 건축물의 뼈대가 세워지면 거기에 여러 가지 기능이 담긴 시설물이 설치되고 보기에 좋도록 외형도 붙이고 옷장이나 찬장 등 생활에 필요한 모든 것이 부착이 되면서 사람이 거주할 수 있는 완전한 집이 된다.

사람도 육신을 지탱하는 근본인 골반을 주춧돌로 하여 기둥인 등뼈가 서고 그 위에 가장 중요한 머리가 붙어 있고 나머지 팔이나 다리가 척추뼈나 엉치뼈에 뿌리를 두고 가지를 뻗어나가 있다. 그리고는 그

뼈를 중심으로 인체의 중요한 시설물인 5장과 6부가 붙어 있고 사지가 척추를 중심으로 하여 기능을 발휘한다.

사람이 태어나서 늙어가는 과정을 10년 단위로 사진을 찍어보면 20살까지는 하늘 높은 줄 모르고 올라가다가 30이 넘어가면 아주 작지만 사람이 기울어지기 시작한다. 그러면서 60이 넘어가면 외형으로 봐도 그 사람의 키가 확실히 줄었다 할만치 표가 나는데 대부분 어깨와 허리가 굽어진다. 간혹 허리가 먼저 굽는 사람도 있는데 대부분 어깨가 먼저 굽어지는데 김 사장과 같이 짐을 많이 져서 어깨가 굽어지기도 하지만 어깨가 굽어지기 시작하는 근본적인 이유는 나이가 들면서 폐활량이 줄어들면서 어깨가 굽어진다는 것이다.

척추의 연골이 상하면서 어깨뼈가 단 1도라도 굽어지기 시작하면 그것이 가슴을 압박하고 폐호흡에 직접적인 영향을 준다. 만약 하루에 1%씩이라도 호흡이 짧아지게 되면 그것이 1년이 가고 10년이 가면 사람의 호흡은 10% 내지 20% 정도 차이가 나게 된다. 그렇게 줄어든 폐활량은 사람의 5장 6부에 직접적으로 작용하여 병을 만들기도 하고 체력도 떨어뜨린다. 사람의 건강은 충분한 폐활량에서 발휘되고 호흡의 길고 짧음은 생명의 길이와 비례한다.

김 사장을 치료하고 있으니 옆에서 같이 따라온 김 사장의 사모님이 본인의 사정을 하소연한다. 남편이야 젊어서부터 지금까지 일만 하고 다녀 지금 어깨가 아프고 한데 본인은 젊어서부터 지금까지 부엌에서 밥만 하고 아이들 뒷바라지만 하고 살았는데 본인의 어깨와 몸은 왜 아픈지 모르겠다고 한다. 물론 김 사장이야 젊어서부터 너무 많은 짐을 지고 일을 많이 해서 그렇다지만 김 사장의 사모는 젊어서부터 남편의 사업과 자녀의 교육을 얼마나 많이 걱정하고 남편의 사업이 잘 되기를 빌고 자식의 건강과 학업을 위하여 얼마나 신경을 썼겠는가. 그래서 그것이 마음의 짐이 되어 어깨를 눌렀으니 지금 그것이 통증으로 나타난다는 이유를 설명했다.

무거운 짐은 어깨를 눌러 사람의 허리가 휘게 만든다. 그런데 근심과 걱정으로 마음의 짐을 지면 어디로 지게 될까. 생각의 뿌리인 감각기관 즉, 보고 듣는 귀와 눈 그리고 입과 코가 사람의 감정을 그대로 나타내어 보여준다. 본인은 숨기려고 해도 내면에 화가 나 있거나 슬픈 일이 있으면 그 얼굴을 숨길 수가 없다.

화가 났든 기분이 우울하든 얼굴의 근육은 그것을 정확하게 표현하여 코와 귀, 눈과 입이 아래로 쳐진다. 화가 나서 눈을 부릅뜨고 입을 다물어도, 우울하여 눈을 내려 깔고 입을 닫아버려도, 얼굴 근육은 아래로 쳐지면서 근육이 힘을 잃게 된다. 그것이 오래 지속되면 피부가 탄력을 잃고 노화가 빨리 진행된다.

그러나 더욱 심각한 것은 얼굴 근육이 계속 아래로 쳐진 생활 즉, 항상 우울하고 항상 분노하면 마음의 긴장으로 인하여 얕은 호흡이 되며 얼굴 근육의 움직임이 줄어든다. 얼굴 근육이 탄성을 잃으면 코 안의 비강이나 입안의 편도 등 생명활동의 최전방인 부분이 힘을 잃는다. 그리고 산소 부족으로 인하여 염증을 만들어 비염이나 목안의 가래를 만들고 코와 목안의 근육이 울혈로 인하여 호흡을 방해하여 고혈압이나 당뇨를 만들며 몸 안에 만병을 만드는 원인을 제공하게 된다.

옛날 양반들은 팔자걸음을 걷는 것이 점잖은 사람의 위엄인 줄 알았다. 그러나 인체공학적으로 보면 양반이 되면 자연적으로 팔자걸음이 되는 것이다. 사람이 많이 먹고 편히 쉬면 살이 찌고 배가 나온다. 내장에 기름인 지방이 많이 쌓이면 사람의 주춧돌인 골반이 무거워지고 골반이 무거워져서 균형을 잃으면 척추가 변형이 되면서 걸음을 바르게 걷고자 하여도 그렇게 될 수가 없다. 술을 많이 먹어도 갈지자걸음을 걷게 된다. 술로 인하여 두뇌의 기능이 마취되고 감각기관인 눈과 귀, 코와 입이 판단을 제대로 못하게 되면 온몸이 기능을 상실하여 기둥이 흔들리면서 집이 내려앉는 것 같이 사람이 넘어질듯 갈지자걸음이 나오는 것이다.

현시대는 누구나 할 것 없이 다들 무거운 짐을 지고 살아가고 있다. 학생은 진학문제, 청년은 취업문제, 장년은 경제문제, 노년은 질병문제 등 우리 모두는 과학과 의학이 최고도로 발달한 시대에 살고 있다고 자부하고 있지만 어느 누구도 인생의 문제에서 자유로운 사람은 없다. 생활하는 사람들의 일상이 전쟁터와 같고 항상 무거운 짐이 어깨를 누르고 있다면 다가오는 것은 병뿐이다.

그러므로 사람은 언제든지 어깨를 바로 펴고 바르게 걷는 것을 가장 기본적인 생활의 철칙으로 삼아야 한다. 사람은 지치거나 힘이 들면 제일 먼저 어깨가 축 늘어진다. 그러나 그것은 어깨가 아래로 늘어지면 가슴에 있는 횡격막을 눌러 당장 호흡이 달라진다.

호흡의 불량이 일어나고 연쇄적으로 심장이나 뇌에 산소공급이 꾸준히 줄어들게 되면 생활습관성 질환이라고 하는 순환기성 문제가 연이어 일어난다. 이와 같이 생활습관성으로 일어나는 문제는 생활을 바르게 함으로써 고쳐 나가야 된다.

잘못된 생활, 잘못된 습관은 본인의 몸만 망치는 것이 아니라 가정을 불행하게 하고 이웃에게까지 해를 끼치게 된다. 그렇기 때문에 우리는 초등학교에서 가장 중요하게 배워야 할 과목이 바른생활이어야 한다. 사람의 책임과 사명 그리고 기쁨과 즐거움으로 넘치는 행복한 인생을 향한 기본교육은 이미 초등학교시절에 다 배우기 때문이다.

사람의 얼굴에는 약 80여 가지의 근육이 있는데 오감의 변화에 따라 근육의 활성도가 달라진다. 잘 웃는 사람을 자세히 살펴보면 단순히 입만 가지고 웃는 것이 아니라 눈과 귀 그리고 코와 입이 모두 웃고 있는 것을 알 수 있다.

사람의 얼굴을 움직이는 이와 같은 80여 가지의 근육들을 조절하는 신경들은 목뒤의 경추를 따라 인체 전반으로 내려가 5장 6부의 해당 장기를 움직이고 사지의 행동을 조절하여 생명활동을 할 수 있도록 하고 있다. 그렇기 때문에 암 치료뿐만이 아니라 모든 순환기성 질환의 첫 번째 처방은 목뒤 경추를 중심하고 굳어진 경추인대를 풀어주고 근육을 이완시켜 혈액의 흐름이 잘 될 수 있도록 하는데 있다.

일반적으로 경추 1번과 2번 뼈는 환추와 축추로 불리는데 인체 전반에 지대한 영양을 미친다. 특히 1번 뼈와 2번 뼈는 직접적으로 신경이 연결되어 있기 때문에 1번, 2번 뼈는 두뇌의 모든 문제를 담당하고 3번과 4번 뼈는 눈과 코, 귀 등을 담당하며 5번과 6번 뼈는 입과 목의 기관을 담당하고 있다. 그래서 머리가 어지럽거나 아픈 사람들이 1번, 2번 뼈를 치료하면 뇌질환의 많은 문제가 해결되는 것을 알 수 있고 입과 목의 문제는 5번과 6번 뼈를 중심으로 치료하면 상태가 좋아지는 것을 알 수 있다.

축농증 부비동염 등 코 안의 질환은 입안의 질환인 치아문제, 잇몸

문제 등과 맞물려 순환기성 질환인 고혈압이나 당뇨 등 모든 난치성 문제를 만들어낸다. 그렇기 때문에 코 안이나 입안에는 편도라고 하는 인체 제1관문인 림프가 있다. 림프에는 많은 면역세포가 몰려 있어서 입이나 코로 들어오는 산소와 음식물에 있는 병원균이나 기타 인체에 해로운 바이러스를 저지하는 최전방의 방어기관이다.

많은 사람들이 편도선염이라고 하는 질병에 노출되어 있는 것은 사람 몸으로 들어가는 엄청난 양의 오염된 공기와 하루 종일 먹고 마시는 모든 가공 음식물을 전부 검사하고 정화해야 하기 때문이다. 현시대를 살고 있는 대부분의 사람들은 편도선염과 갑상선암 등에 많이 걸리게 돼 임파구의 면역세포들이 제대로 기능하는 경우가 드물다. 그래서 비록 암 환자일지라도 먼저 경추를 치료하기 시작하면 코 안에 있는 면역기관인 아데노이드나 이관편도 등이 제 기능을 찾으면서 숨쉬기가 쉬워지고 공기의 질을 좋게 만들어 폐로 가게 만든다. 이와 같이 코나 입 뒤에 있는 편도를 좋게 유지해야 각종 바이러스나 박테리아 등 병원균을 정화할 수 있는 힘이 생겨 건강을 회복할 수 있는 근본이 세워지게 된다.

현대인의 대부분은 원래의 형태인 C자형 경추를 가지고 있는 것이 아니라 일자목이라고 변형된 경추의 형태를 하고 있다. 대부분 목 뒤를 눌러보면 2번 경추인 축추가 비틀어져 튀어나와 있는 경우가 많다. 2번 경추인 축추는 1번 경추인 환추가 머리를 돌리고 앞뒤로 움직일 수 있도록 둥근 고리모양의 형태를 하고 있어서 머리를 받치고 잡아주는 모양새가 아니다. 그렇기 때문에 2번 경추인 축추가 1번 환추의 가운데를 지나서 머리를 지탱하고 있다. 그래서 머리가 아프다거나 중풍 등 심각한 머리질환의 대부분을 보면 2번 경추의 이상이 결정적인 이유일 때가 많이 있다. 그렇기 때문에 목 뒤의 경추 전체를 바르게 하는 것이 모든 생활습관성 질환의 치료에 가장 먼저 해야 할 일이 된다.

암이 감기와도 같다고 정의하는 것은 암의 원인이 감기와 같이 코와 목에 의해서 시작된다는 것을 의미한다. 밥 먹고 마음먹는 생존의 필수 활동이 감사와 사랑으로 가족뿐만이 아니라 이웃과도 서로 나누며 살게 되면 암이나 당뇨 등 생활습관성 질환이라는 것은 더 이상 발붙일 곳이 없게 된다. 그러나 현시대인 경쟁사회, 계급사회, 정규직 비정규직 등의 불평등사회에서 자유로운 영혼이 된다는 것은 사실 어려운 일이다.

두 번째는 독맥을 중심으로 한 해당 장기의 병변을 치료하는 것이다. 드물게 입 안이나 두뇌 쪽에 암이 발생하는 경우가 있으나 거의 대부분은 간이나 위장 등 배속에 있는 5장 6부에 그리고 여자인 경우 유방이나 자궁암 등 인체 내장을 담고 있는 흉강과 복강 속에서 암이 발병하므로 독맥과 방광경 등을 통한 내부 장기를 치료해야 한다.

특히 독맥을 따라 내려가는 신경선을 중심으로 흉추와 요추 등 내부 장기 전부를 다스리는 척추뼈를 치료하면 해당 장기의 회복이 매우 빨라질 수 있다. 암이 오래되어 등뼈에까지 전이된 사람도 볼 수 있는데 그럴 경우에 병원에서는 방사선으로 뼈를 치료한다. 그러나 방사선보다 월등하게 강력한 것이 뼈에 놓는 직접구 쑥뜸에 있다. 방사선 치료의 무서움을 알고 있으면서도 그렇게 밖에 못하는 것은 뼈가 변형이 되는 것은 수술이나 방사선 아니면 다른 길이 없다고 생각해서다. 그러나 직접구 쑥뜸은 부작용 없이 웬만한 뼈의 이상도 치료할 수 있다.

노환으로 허리가 굽어지는 경우에도 초기에는 요추에 직접구 쑥뜸만 잘 떠도 막을 수 있다.

세 번째는 암이라는 문제는 원인균이 따로 있는 것이 아니다. 호흡 불량과 먹는 음식물의 부조화 그리고 배변 등으로 이루어진 인체의 순환기 사이클이 균형을 잃어 발생한다. 자동차의 엔진이 휘발유와 공기 그리고 전기스파크 등 3가지가 절묘하게 조화를 이루어 출력이 나오고 엔진의 기본 온도가 유지되듯이 사람도 마찬가지로 음식물과 공기 그리고 인체미세전기 등으로 세포에서 영양분의 연소가 이루어져서 에너지를 얻고 인체의 기본 체온을 유지하게 된다.

그러나 암 환자들의 환부를 만져보면 그 부분이 매우 차갑다는 것을 알 수 있는데 그것은 이미 그 자리가 모세혈관의 흐름이 다른 곳에 비해서 느리고 인체미세전기의 발전이 균형을 잃어 음이온 양이온의 부조화로 영양분의 연소가 이루어지지 않아 전반적으로 다른 사람보다 평균체온이 낮은 것을 알 수 있다. 그렇기 때문에 암 환자들은 우선적으로 내장의 온도를 올려 전체적인 육신의 체온을 올리기 위해서 쑥뜸을 해야 한다. 배 위에 1시간 정도 타는 왕뜸을 올리고 쑥뜸을 하게 되면 내장의 지방이 빠지고 저체온으로 인하여 활동이 줄어든 내장 안의 소화효소, 항산화효소, 대사효소 등 효소의 활동을 원활하게 하여 조혈작용, 어혈분해, 소화, 해독 등 대장과 소장의 작용이 정상화되게 된다. 사실상 암이 되었건 다른 불치병이 되었건 소장과 대장이 들어 있는 배만 관리를 잘하여도 거의 대부분의 질환은 치료될 수가 있다.

바꾸어 말하면 배를 관리하지 않고는 어떤 질환도 치료하기 어렵다는 것이다. 사람은 먹는 것에서 에너지를 얻기 때문에 대장과 소장이

기능을 잘하지 않으면 인체의 면역은 그때부터 무너진다. 우리나라 속담에 "사촌이 논을 사면 배가 아프다"는 말이 있다. 그것은 시기하는 마음, 질투하는 마음 등 잘못된 마음이 호흡의 길이와 질을 달라지게 하고 음식물의 내용을 나쁜 쪽으로 변형시켜 위장과 창자에 상처를 안기게 하여 나타나는 현상이다. 그것은 또한 몸 안에 들어오는 모든 병원균에 대한 저항력이 없는 상태를 만들어 조그마한 원인균도 쉽게 몸 안에 착상이 되게 하니 무슨 병인들 만들어지지 않는 것이 있겠는가.

병명만 들어도 무서운 여러 가지 난치성 질환들도 사실은 아주 단순한 것에 치료의 답이 있다. 밥 잘 먹고 마음 잘 먹으면 된다. 수만 년을 이어온 인류가 그만한 면역체계 없이 지금까지 생존했을 리가 없기 때문이다.

성경속의 므두셀라라는 사람은 969세를 살았다고 한다. 그뿐만 아니라 그 당시에는 대부분의 사람이 오래 살았다는 것은 성경을 보면 알 수 있다. 그런데 그것이 가능한 일일까. 물론 지금 우리 상식으로는 도저히 이해할 수 없다. 단순한 종교경전의 상징일까.

여러 가지로 생각해볼 수 있겠지만 우리는 불과 100여 년 전만 해도 사람의 수명이 50년 살기도 어려웠다. 그 뒤로 많은 세월이 흐르지 않았지만 지금 우리의 수명은 많이 늘었다. 인류 역사는 전쟁과 굶주림, 질병으로 고통 받았던 역사이기도 했다. 우리가 어렸을 적만 해도 가난과 질병으로 많은 사람이 힘들어 했다. 옛날 어른들이 60살까지 살아 환갑을 맞이한다는 것은 큰 축복이었다. 그러나 지금의 60살은 그냥 숫자 60에 불과할 뿐이다. 젊은이들과 거의 같이 현역에 뛰고 있는 사람도 많다. 그러니 노인이라는 생물학적인 연령을 70으로 올려야 한다고들 말한다.

이와 같이 짧은 시간 안에 약 20년 이상 수명이 늘었는데 그것은 물론 과학과 의학의 발전이라는 큰 전제가 있었지만 한편으로 생각해보면 조건만 맞춰주면 수명이 더 늘어날 수도 있지 않을까 하는 생각은 충분히 해볼 수 있다. 사람이 오래 살게 된 주된 이유는 경제적인 성장으로 인한 충분한 영양섭취에 있다. 다음으로는 오랜 시간 인류를 괴롭혀온 전염성 질병과 외상, 기생충 문제 등 사람의 육신적인 문제 등을 해결할 수 있는 의학의 발달이 또한 생명연장에 지대한 공이 있는 것은 사실이다.

그러나 그것만으로 생명연장의 꿈이 마냥 늘어나지는 않았다고 생각한다. 잘 먹고 편리해진 생활 속에서 비만이라든가 고혈압, 심장질환 등 옛날에는 보기 힘들었던 새로운 패턴의 병이 생겨나고 조류독감이나 황사 등 지역과 거리에 상관없이 전 지구적인 환경파괴의 문제로 인한 암이나 호흡기 질환 등 새로운 문제가 생기고 있다.

물론 사람이 성경 속의 사람과 같이 1000년이나 산다고 하는 것은 여러 가지 문제를 생각해 볼 수 있으므로 접어두더라도 최소한 단명은 막고 누구나 결혼하여 자식과 손자까지 보고 어른으로서 인생과 우주에 대한 깨달음을 가질 수 있을 때까지는 살아야 하지 않을까. 보편적으로 100년을 넘게 산다고 알려진 거북이를 비롯하여 코끼리와 같이 약 80년 정도 사는 장수하는 동물들과 또 몇 년 살지 못하는 다른 동물들을 비교해 보면 확실히 다른 두 가지 차이를 알 수 있다. 그 첫째는 오래 사는 동물은 동작이 굼뜨다는 것인데 느리게 생각하고 느리게 움직이고 느리게 먹는다는 것이다. 패스트푸드로 무장하고 무엇이든 빠르게 하게 되면 빨리 가게 되는 것은 자명한 것이 아닐까. 두 번째는 호흡의 길이가 길다는 것이다. 거북이 같은 경우는 1분에 약 두 번 정도 호흡하는 것으로 알고 있는데 특히 호흡이 빠른 개와 같은 경우는 약 15년 정도도 살기가 어렵다.

깊이 생각하고 느리게 호흡하고 살아야 한다. 그것은 슬로우푸드와 더불어 몸과 마음을 비움으로써 비로소 실현될 수 있다. 옛날에는 먹을 것이 없어서 싸워서라도 빼앗아 먹어야 하였지만 지금은 먹을 것과 입을 것이 넘쳐난다. 새삼스러울 것도 없지만 적게 먹을수록 건강에 좋다. 천천히 생각하고 천천히 움직이면 마음에 여유가 넘치고 호흡이 길어진다. 자동적으로 얼굴은 빛이 나게 마련이다. 성경 속의 므두셀라나 930살을 살았다고 알려진 아담과 같은 사람이 살던 시대에 먹을 것이 걱정스러웠을 리가 없고 입을 옷을 걱정했을 리가 없다. 학벌을 고민하고 돈을 염려했겠는가. 맑은 공기와 깨끗한 자연에 더하여 아무 걱정 사심 없는 마음으로 적게 먹고 길게 호흡하며 살아보면 100년이야 왜 못 살겠는가.

조류독감

"공해 중에 물의 공해가 제일 심각합니다. 인류의 멸망을 촉진시키고 있습니다. 사람이 죽기 전에 동물들이 죽습니다." [천성경 p662-8]

2011년 5월에 발병 후 2년 8개월 만에 재발한 조류독감으로 현재까지 178개 농장에서 사육하던 닭, 오리 등 가금류 380만 마리가 도살 처분 매장되었다.

옛날에는 듣기 힘들었던 구제역이라든가 조류독감 등으로 인하여 2000년 이후 2~3년을 주기로 계속되는 병으로 그동안 많은 수의 소와 돼지, 닭과 오리 등 가축들의 수난이 계속 되고 있다. 2000년 3월 처음으로 젖소구제역이 발생하여 수만 마리의 소가 도살 처분될 때 사람들은 충격을 많이 받았다.

그러나 그 후 몇 년을 주기로 계속되는 A.I와 구제역으로 수백만 마리 이상의 가축이 땅으로 들어가니 그 다음에는 다른 걱정거리가 생기기 시작한다.

구제역 도살 처분 후 매립에 따른 토양 및 지하수 오염문제가 불거지기 시작했다. 전국에 흩어져있는 매몰지는 약 5,000여 곳이 넘는데 대부분이 농지 옆이거나 주거지 주변 그리고 하천수가 흐르는 주변에 위치해 있는데 정부에서 침출수가 없이 안전 관리되고 있다고 아무리 설명해도 여러 가지 보도자료에 의하면 현재 주변하천을 오염시키고 있는 것을 바로 볼 수도 있다. 그리고 무엇보다 확실한 것은 매몰 당시 바닥에 비닐을 깔고 소나 돼지 또는 닭 등을 묻었는데 덩치가 큰 소는 주사약으로 도살 처분하여 묻었으나 돼지는 살아 있는 그대로 굴착기로 밀어 땅속으로 도살 처분하였다고 한다.

살아있는 동물이 그 안에서 버둥거리고 헤집어서 실제로는 비닐이 많이 찢어져 있는 상태에서 그대로 매장되었기 때문에 시간이 지난 후 동물의 사체가 부패해가면서 침출수가 흘러나와 주변 토양이나 또는 지하수에 스며든다고 하면 지하수의 오염은 당장은 나타나지 않는다 하더라도 1년에 수 미터에서 수십 미터씩 움직이는 지하수가 오염될 경우 돌이킬 수 없는 환경재앙을 맞게 될 수 있다는 것이다.

지금 도살 처분 매몰지 주변하천을 살펴보면 유기물질이 많이 끼어 있고 동물 사체에서 나왔다고 생각되는 기름 같은 물질이 개울물의 돌과 수초에 묻어있는 것을 볼 수 있다.

그뿐만 아니라 COD는 50배 이상이며 암모니아성 질소는 10배 이상 차이가 나는 곳도 있다.

그동안 생활하수나 공장폐수 등 도시 주변의 수질오염과 농촌에서 무차별적으로 사용되는 농약 등으로 인하여 심각한 수준에까지 와 있는 강과 하천의 상태가 이번에는 동물 사체로 인하여 지하수까지 오염됨으로 말미암아 "물의 공해가 인류의 멸망을 촉진시키고 있다"고 설파하신 참부모님의 말씀을 상고해 보면 모골이 송연해진다.

이런 환경의 문제를 알고 계시는 듯이 이번 3월 16일 조상축복식차 참석한 청평수련회에서 대모님의 중요한 경고성 말씀을 들을 수가 있었다.

그것은 올겨울은 날씨가 따뜻하여 병원성 균들이 죽지 않아 삶아도 죽지 않는 특별한 균이 온다고 말씀해주시었다.

미국 질병통제예방센터에서도 "조류독감 바이러스가 계속되는 돌연변이를 거쳐 이제는 동물감염뿐만이 아니라 사람 간 감염을 일으킬 수 있는 개체로 진화하고 있다"고 지금의 상황을 매우 위험한 시기로 인식하고 예방백신이나 호흡기 질환을 가지고 있는 환자와 폐활량이 적은 노약자나 어린이를 위하여 치료약 개발에 노력하고 있는 것으로 보인다.

지금은 물의 오염만이 아니라 중국에서 날아오는 황사와 미세먼지로 인하여 호흡기의 이상으로 병원을 찾는 이가 늘고 있는 가운데 수질오염까지 겹쳐 병원균이 발현한다고 하면 그 결과는 상상하기 두렵다. 수질오염으로 "사람이 죽기 전에 동물이 먼저 죽는다"는 참부모님의 말씀대로 2000년부터 시작된 조류독감이라든가 구제역으로 인하여 셀 수 없이 많은 가축이 희생되었다. 사람이 살고 있는 환경인 물과 공기가 오염되어 있으니 미국질병통제센터가 경고하는 인수공통전염성 질병이 창궐할 수 있다고 하는 경고를 가볍게 들어서는 안 되는 이유인 것이다.

이런 때에 대모님께서는 물을 많이 먹음으로써 이러한 시련을 피해 갈 수 있는 길이 있다는 것을 나무에 물을 주는 것을 비유로 말씀해주시었다. 사실 사람의 몸은 70% 정도가 물이다. 처음 어머니 태안에 잉태될 때는 90% 이상이 물이다. 그러던 것이 사람이 살아가면서 몸에서 수분의 비율이 줄어드는데 그 비율이 60% 정도에 이르면 사람의 몸이 노화되었다는 뜻이고 그 아래로 내려가면 생명이 위험해진다.

물이 사람 몸을 이루는 근본이고 몸 안에 있는 물 체액이 탁해지면 염증성 질환을 일으키는 병이 되고 체액이 줄어들어 세포가 건조해지면 노화가 시작된다. 현시대의 생활습관성 질환이라 일컫는 암이나 당뇨 등 난치성 질환의 대부분은 물만 잘 먹어도 치료된다. 고혈압도 내려가고 당뇨도 개선되며 통증이나 피부병 관절염 등도 좋아진다.

그 외에도 심장질환이나 불면증 등 정신신경과적인 문제도 확실히 개선되는 것을 알 수 있다.

평소에 물을 잘 먹어서 몸 안에 미네랄의 균형을 맞추어 살면 인체 항상성이 유지되면서 면역력이 좋아지고 생리대사 부산물인 요산이나 활성산소 등 독소를 분해하여 배출시키는 해독작용이 원활해져서 피부도 맑아지며 젊음을 오래 유지할 수 있으니 중국의 미세먼지 공포나 전염성 질환의 예방과 치료에 첫째가는 지혜가 될 수 있다.

귀걸이 코걸이

가장 고마운 사람이지만 절대로 만나고 싶지 않은 사람이 의사다. 만약 살아서 한 번도 볼일이 없으면 그만치 좋은 일이 없고 간혹 만나더라도 인사치레 정도로 넘어갔으면 하는 마음으로 살고 있는데 주변을 들러보면 숙식을 함께하며 몇 달을 같이 지내는 사람도 많다.

병문안을 하러 대학병원이라도 둘러볼라치면 진주 시내에서 가장 많은 사람이 모여 있는 것 같다.

물론 교통사고나 기타 부상으로 병원에 있는 사람도 제법 되지만 대부분의 사람이 만성적인 질환으로 링거를 줄줄이 달고 침대에 누워 있다. 나도 만약 저렇게 되면 어떡할까 하는 걱정과 함께 세삼 환자에 대한 측은한 생각이 드는 것을 어쩔 수가 없다.

병들지 않고 건강하게 살고 싶은 것은 모두의 제일가는 소원이다. 그러나 들어오는 병을 어찌 막으랴. 생로병사라고 사람은 누구든지 태어나면 늙고, 늙으면 병이 들어오게 된다. 그래야 죽음에 이를 수 있으니 병이 드는 것은 당연한 것으로 받아들여야 하는가.

병든다고 하는 것은 병이라는 것이 사람 몸 안으로 들어온다는 애

기인데 그것은 사람 몸에 병이 들어오는 구멍이 있다는 얘기이기도 하다. 그렇다면 그 구멍을 막아서 건강을 지킬 수는 없을까.

사람 몸에는 외부로 통하는 여러 구멍이 있다. 그중에 땀구멍처럼 몸 안의 분비물을 외부로 배출시키는 부분도 있고 그 외에도 귀와 입과 같이 외부의 것을 받아들이는 구멍도 있다.

그런데 사람을 물통에 집어넣어 보면 코와 입만 막으면 다른 곳으로는 물 한 방울 들어오지 않는다는 것을 알 수 있다. 그것은 들어오는 구멍은 코와 입 두 개뿐이라는 얘기이기도 하다. 그렇다면 병이 들어온다고 하는 것은 사람 몸 안에 받아들일 수 있는 구멍 즉 코와 입으로 병이 들어온다는 말이다.

옛날에는 민물고기나 채소를 먹고 간디스토마나 회충과 같은 직접적으로 입으로 들어와서 몸 안에 병을 일으키는 원인균을 실제로 먹었다.

또한 먹을 것이 귀하다 보니 먹지 않아야 할 것 등도 마구 먹다 보니 배탈이 나기도 하고 비위생적인 문제로 세균성 질병에 많이 노출되기도 했었다.

그러나 지금은 그런 구시대적인 문제는 많이 해결이 되었는데 전혀 다른 새로운 질병으로 사람들이 고통 받고 있다. 즉 21세기의 문제점인 비만이라든가 암, 당뇨 등 아직까지 원인균이나 직접적인 원인을 알 수 없는 전혀 다른 새로운 문제의 시대에 직면하게 되었다.

현재의 생활습관성 질환 중 비만은 과식이 원인이라 하는 것은 확실한 것 같다. 그러나 암이나 심장질환, 당뇨 등의 원인은 무엇인가. 그와 같은 질환은 어떻게 병이 들게 되었는가.

세계의 수많은 과학자들이 암의 원인자를 찾기 위해 엄청난 투자와 수고를 하고 있지만 정상세포가 암세포로 왜 바뀌는지 그 원인을 확실히 규명한 사람은 아직 없다. 그러나 원인을 찾지 못할 때는 한번 뒤집어서 생각해볼 수도 있다. 정상세포인 인체세포에 영양분과 산소를 공급하고 모든 원인물질을 가져다주는 것은 모두 사람 입이나 코로 들어간 것이다. 그것은 코로 들어간 산소와 입으로 들어간 만 가지 음식물이 그 원인을 이루고 있다는 것이다.

요즘 암 환자들은 항암제 맞기를 두려워하고 병원 가는 것을 무서워한다. 대부분 항암 치료 중에 몇 년 안에 사망하는 것을 여러 차례 보았기 때문이다. 그러나 병원에서도 요즈음은 항암제가 많이 개선되었다고 그래서 생존율이 아주 높다고 설명한다.

얼마 전만 해도 사람이 암에 걸리면 바로 항암치료하고 의사의 지시에 따랐지만 대부분 몇 년 살지 못하는 항암제의 독성을 알게 되면서 이제는 암이라는 사실을 알게 된 경우 많은 사람이 식습관을 완전히 바꾸는 등 생활습관을 고쳐 암을 극복해가는 것을 많이 볼 수 있다.

옛날에는 성인병이라고 불렀지만 어린이까지 고혈압이나 당뇨 등이 일어나는 것을 보고 생활습관성 질환이라 고쳐 부르기 시작했는데 그것은 생활환경이나 식습관 등이 암이나 당뇨 심장질환 등을 일으키는 것을 정확히 알게 되었기 때문이다.

사실 생활습관 중에서 가장 큰 부분을 차지하는 것이 식습관이다. 식습관에 따라 사람의 외형도 달라지고 성격이나 인품도 달라진다. 채식만하는 사람과 육식을 즐겨하는 사람은 얼굴의 형태나 피부도 다르지만 성격이 많이 달라지고 오랜 기간 지나면 사람의 심성도 달라진다.

사람의 몸은 먹는 음식물로 이루어져 있는 물질덩어리이다. 그렇기 때문에 사람도 에너지를 얻기 위해서는 연료에 해당하는 음식물과 산소가 필요하다. 자동차의 경우 연료인 산소의 종류와 질에 따라서 출력도 다르지만 배기가스도 달라진다. 그것은 엔진배기관에 영향을 미쳐 녹슬게 하기도 하고 불완전 연소의 충격으로 구조물의 변형을 가져오기도 한다.

사람이 입으로 먹는 음식물은 체내 사용 후 대변으로 배출된다. 그러나 먹는 음식물의 종류나 양에 따라 대변의 내용물도 달라진다. 그런데 먹는 음식물의 종류에 따라 입으로 나오는 내용도 다르다. 술을 먹으면 술 취한 말이 나오고 패스트푸드를 많이 먹으면 성급한 말이 나온다. 입에서 나오는 말을 담을 수 있는 곳은 사람의 귀다. 잘 먹고 좋은 말을 하면 듣는 귀도 즐겁고 잘 못 먹고 나쁜 말을 하게 되면 듣는 귀도 괴롭게 된다. 귀에 거슬린다고 하는 말은 우리들이 듣기 싫어하는 말이다. 내 기분과 내 마음에 맞는 말이면 우리는 듣기가 좋고, 듣기 싫은 말은 내 마음에 맞지 않는 말이다.

사람이 밥 먹고 마음먹으며 산다고 했는데 마음먹는 것은 코로 먹게 된다. 사람의 마음 상태에 따라 호흡이 달라지기 때문이다. 우리 쑥뜸방에서 지금 축농증 치료를 받고 있는 김응룡 씨는 어렸을 때부터 비염이 있었단다. 36세인 지금까지 결혼해서 아이도 둘이나 낳고 살았지만 단 한 번이라도 코가 시원하게 뚫려본 적이 없었다고 한다. 지금도 그는 코맹맹이 말을 하고 있다.

그런데 더욱 심각한 것은 코의 비중격이 휘어있는 것이다. 코 안이 비염으로 농이 많고 콧살이 부풀어 있어도 치료에 따라 콧물로 농을

뺄 수 있고 또 농을 빼고 나면 콧살도 탄력을 가지게 되어 호흡을 막거나 하는 일이 없어진다.

그러나 비중격이 휘어있으면 그것은 치료하기가 매우 힘들다. 그렇다고 수술로 처리를 하고나면 뒤가 너무 무섭게 된다. 만약 비중격을 잘라 버리거나 하게 되면 나중에 심각한 호흡곤란사태를 맞게 된다.

사람의 코는 몸 전체에서 아주 작아 보이고 역할이 단순히 산소호흡만 하는 것처럼 보이지만 코가 공기 중의 산소를 흡입하고 폐에서 사용하게 한 후 배출시키게 하는 기능은 현재의 과학으로는 따라 할 수도 없다. 코는 공기정화기능, 일정한 습도유지, 체온과 비슷한 온도, 재치기를 통한 이물질배출 등의 역할을 한다.

한국 속담에 "귀에 걸면 귀걸이 코에 걸면 코걸이"라는 말이 있다. 듣기 싫은 말은 귀에 걸리게 되고 귀에 걸리는 말은 마음의 입구인 코에도 걸린다는 말이다. 두 사람의 싸움은 대부분 언성이 높아지면서 시작이 된다. 언성이 높아지면 듣는 귀가 그 말들을 모조리 귀걸이로 잡아서 코에다 걸어주어 자연히 호흡이 가빠지고 호흡이 가빠지면서 사람은 흥분을 하게 된다. 즉 참을 수가 없게 된다는 말이다.

그 다음은 당연히 손과 발이 그 사람의 마음을 대변하여 움직이게 된다. 물론 사람들의 눈에는 잘 보이지 않지만 현시대를 살고 있는 우리 모두는 대부분 많은 귀걸이를 하고 있다. 즉 신경 쓰이지 않는 말이 없다는 얘기다.

눈으로 보고 귀로 들리는 대부분의 내용이 즐겁고 아름답지 않다. 전부 귀에 거슬리는 말뿐이니 우리들은 얼마나 많은 귀걸이를 하고 있는지 모른다. 그러니 항상 마음보인 호흡이 불규칙하고 안정적이지 못해서 현시대의 대표적 순환기 장애성 질환인 생활습관성 질환을 대부분 갖게 되었다. 특히 심장질환 같은 경우는 90% 이상 호흡과 연관이 있다. 호흡의 안정성 문제가 심장과 직결되어 있기 때문에 호흡의 문제 즉, 마음의 문제를 고치면 대부분 치료되기 시작한다. 그래서 옛사람들은 사람의 마음이 심장에 있다고 생각한 적도 있었다.

그 외에도 당뇨나 암, 뇌질환 등도 마음을 안정시켜 호흡이 고르게 되면 병은 절대 일어날 수 없다.

사혈부항

　몇 년 전 황우석 박사의 줄기세포사태로 한 번 나라 안이 떠들썩한 적이 있었는데 그 일로 인하여 처음으로 줄기세포라는 문제에 대해서 많은 사람들이 생각해볼 수 있는 기회가 있었다.

　잠시였지만 우리들은 큰 환상에 젖었다. 황 박사의 줄기세포연구로 인하여 당뇨라든가 루게릭병 등 지금까지 완치가 불가능하다고 알려진 현대성 질환에 대하여 확실한 대안이 될 수 있다고 알려지면서부터였다. 그 당시 미국소아당뇨협회 회장이 내한하여 황 박사의 연구 성과를 높이 치하하면서 매우 기뻐하는 것을 보았다. 당연한 것이 소아당뇨라고 하는 것이 얼마나 무서운지 소아당뇨어린이를 보고 있으면 금방 알 수 있다. 우리나라에도 그런 어린이가 많은데 초등학교 다니는 어린이가 수시로 바늘로 혈당체크하고 시간 맞춰서 인슐린을 자기 배에다 주사하는 것을 보면 불쌍하기 그지없다.

　그 당시 황 박사의 연구 성과가 금방 불치병을 낫게 할 수 있는 요술방망이가 될 듯이 매스컴이나 의학계가 흥분했었지만 지금까지 좋은 소식은 들려오지 않고 있다. 그 당시 황 박사의 연구결과를 지켜보던 환자들의 마음은 어떠하였을까.

줄기세포문제는 여러 가지 난제와 논쟁을 거치면서 현재 우리나라에도 여러 가지 방향으로 치료에 이용이 되고 있다. 돈이 많이 들고 아직 확실한 결론에 도달한 것은 아니지만 일부 부작용을 감수하면서까지 세포은행도 생기고 하는 것은 줄기세포로 인한 병든 부위의 완벽한 재생은 현재까지의 어떤 치료나 수술로는 절대 따라갈 수 없는 최선의 방법이기 때문이다.

낡고 병든 장기를 잘라내고 그 자리에 새로운 장기를 만들어 줄 수 있는 줄기세포를 이식하여 자라게 한다는 것은 사람이 죽지 않고 영원히 살 수도 있다는 착각도 들게 한다.

옛날 우스갯소리에 손가락을 뱀에게 물리면 얼른 손목을 끈으로 묶어서 지혈하라고 한다. 그런데 머리를 뱀에게 물리면 어떻게 해야 되나. 목을 묶을 것인가 어쩔 것인가 이 농담 같은 이야기는 그러나 손목을 묶든 목을 묶든 어느 것이든 둘 다 틀렸다 하는 것을 얘기해주고 있다.

손목을 묶어버리면 피가 통하지 않아 몇 분 지나지 못해 손이 상하기 시작한다. 목이든 손목이든 묶어서는 해결이 되지 않는다. 뱀독이 무섭지만 묶어서 피가 가지 않으면 그것은 뱀독보다 더 무서운 결론이 나기 때문이다 어떤 자리이든 묶어버리면 몇 시간 지니지 않아 확실히 죽어버린다.

사람의 머리끝에서 발끝까지 피와 신경이 도달하지 않은 곳이 없으며 만약 피가 끊기거나 신경이 단절되면 자동적으로 그 자리에는 생명이 끝나버린다. 사람이 밥 안 먹고 살 수 없듯이 사람 몸 구석구석은 피를 통해 들어오는 영양소와 산소 그리고 신경을 통해 세포의 활동을 조절하기 때문에 피나 신경이 끊기면 절대로 살 수 없다.

칼을 잘못 사용하여 손을 베이게 되면 옛날에는 소독하고 약을 바르고 반창고로 동여매 두곤 했었는데 요즈음에는 작은 상처가 나면 깨끗한 물에 씻고 그대로 두라고 한다. 그것이 훨씬 빨리 낫고 깨끗이 원상태로 회복되기 때문이다. 상처 난 부위를 물에 씻고 며칠 지나면서 두고 보게 되면 누가 시키는 것도 아니고 약 발라주는 것도 아닌데 날짜가 지나면서 자연적으로 아무는 것을 볼 수 있다.

우리이웃의 김수복 씨는 어렸을 때 낫으로 일을 하다가 잘못하여 손목의 큰 핏줄을 끊었다고 한다. 피가 얼마나 무섭게 나는지 매우 놀랐지만 옛날 시골에 병원도 없었던지라 천으로 동여매고 살았더니 시간이 지나고 나니 그 자리가 아물었고 끊어졌던 핏줄도 자동으로 연결이 되어있더라고 보여준다.

사람은 태어나서 인생을 살아가면서 수많은 질병에 걸리기도 하고 또 많은 외적인 상처를 입기도 한다. 그럴 때 수술하기도 하고 약을 먹고 바르기도 하였지만 수술한 자리가 수술하였다고 낫게 되고 외적인 상처가 약 발랐다고 낫는 것이 아니다 하는 것이 진실이다.

수술하여 꿰매 놓으면 나머지는 피부나 근육이 자연적으로 붙어버리고 신경이나 핏줄이 완벽하지야 않겠지만 자동적으로 서로 연결이 된다. 사람 손으로는 작은 핏줄까지 연결할 수는 없는 일이니까. 인체의 모든 부분도 끊임없는 생성 노화 사멸하는 세포의 덩어리이기 때문에 어느 부위가 되었건 상하는 부분이 생기면 주변의 세포가 빨리 분화하여 세력을 넓혀 빈자리를 채우게 된다. 단세포인 정자와 난자가 어머니 자궁에서 만나 분화를 하기 시작하면 단하나의 세포에서 인체를 구성하는 모든 뼈나 근육 피 장기 등을 만들 수 있는 줄기세포가 만들어져서 사람이라고 하는 작품이 배안에서 만들어진다.

그때 분화된 각 장기의 줄기세포들은 계속하여 같은 종류의 세포를 복제하여 사람이 100년을 살아갈 수 있고 퇴화하는 세포를 새로운 세포로 끊임없이 복제한다.

줄기세포를 만드는 과학기술이 얼마나 어려운지 신문지상의 보도를 접하다 보면 언제 이것이 만들어져서 현재의 난치성 질환들을 정복할 수 있을까 하는 의구심이 든다. 현재 당뇨병이나 치매 등으로 고생하는 사람들은 언제까지 기다려야 할 것인가.

그러나 생각을 잠시 돌려보면 과학자가 만드는 줄기세포보다도 훨씬 완벽하고 부작용 없는 줄기세포가 이미 내 몸 안에 항상 존재하고 있다. 심장근육은 전체가 심장근육줄기 세포요, 위장이나 간이나 모든 장기 근육 뼈 등은 모두 줄기세포덩어리로서 사람이 태어나서 죽기까지 끊임없이 세포분열을 하기 때문에 사람이 살아갈 수가 있는 것 아닌가.

만약 세포분열이 없고 세포복제가 없다면 상처 난 부위가 아물 수도 없고 어린이의 몸무게가 증가하여 성인이 될 수도 없다.

얼마 전에 프랑스의 학자가 전기치료기를 이용하여 잘려진 손가락을 자라게 하는 실험을 하여 성공한 적이 있다. 전기를 통하여 잘려진 부분의 세포에 자극을 주었더니 세포가 왕성하게 복제되어 잘려진 부분이 어느 정도 자라는 것을 볼 수가 있었다.

다만 중요한 것은 병든 장기의 기능이 완전히 못쓰게 되기 전에 세포의 분열을 촉진시켜야한다는 것이다. 생명이 완전히 끝난 자리 모든 세포가 죽어버린 곳에서는 그 어떤 것도 일으킬 수 없다. 왜 사람 몸에 병이 들며 세포가 죽어가며 어떻게 하면 그것을 되돌릴 수 있을 것인가.

조류독감 사태를 보면서 시각의 차이를 확인할 수 있었다. 인류역사를 보면 전염병으로 사람이 많이 죽는 사건이 많았는데 1918년의 스페인 독감이나 1962년 홍콩독감 등 수천만 명의 사망자가 발생하였고 현재도 해마다 겨울이면 조류독감이다 사스다 하여 사람들을 공포에 빠지게 한다. 현재의 과학이 왜 독감 바이러스를 구제하지 못하는가. 그 이유가 해마다 독감바이러스가 변종을 하기 때문이란다.

변종할 때마다 새로운 항생제를 만들어야 하니 그 말대로라면 인류는 영원히 독감을 피해갈수 없는 것이 아닌가. 독감이 발생하여 사람이 죽어야 바이러스를 채취할 수 있고 배양하고 항생제 만들고 하다 보면 사후약방문 되는 것이 아닌가. 그러나 시야를 달리하여 보면 바이러스나 병원균이나 숙주가 있어야 생존할 수 있으니 그 숙주가 되는 인체의 건강을 먼저 살펴보면 독감 등은 부실한 사람이 들지 건강한 사람은 얼마든지 피해갈 수 있다. 병원균이 문제가 아니라 병원균이 착상하는 자리의 건강 그 부분의 세포의 문제인 것이다.

옛말에 "기가 막히면 죽는다"는 말이 있다. 순환로가 막혀버리고 돌지 않으면 죽는다는 것이다. 사람 몸은 피와 기운이 잘 흘러야 아프지 않고 건강할 수 있다는 얘기다. 가정으로 들어가는 수도관도 오래 쓰면 내면이 부식하여 잘라보면 연수에 따라 내경이 좁아져 가는 것을 볼 수 있다.

사람 몸 안의 핏줄도 똑같은 이치다. 계속하여 피를 흘려보내니 수십 년이 지나면서 핏줄의 내경이 좁아들고 상처가 생기고 하여 핏줄이 굳어진다. 그것이 고혈압을 만들고 고지혈을 만들어 피가 탁해지면서 피의 속도가 느려지고 피떡을 만들어 작은 모세혈관부터 막아가기 시작한다. 그렇게 되면 잘 흐르지 않는 핏줄을 두고 있는 부위의 해당 장기는 힘을 잃기 시작하고 떨어진 체온으로 인하여 상하기 시작한다.

이것을 일러 우리는 염증성 질환이라고 한다. 간염이나 위염 장염 등 모든 염증성 질환은 피의 순환이 막히고 느려지면서 영양소와 산소의 공급이 줄어들기 시작하면 그 부분의 체온이 떨어지면서 세포가 힘을 잃고 상하기 시작하여 염증으로 발전한다.

물을 고여 있게 하면 자연적으로 부패하듯이 보통 병이 들면 병원균에 따라 약을 먹고 주사하고 수술하여 잘라내지만 막힌 순환로를 확보하지 않으면 2차 3차 재발이 그래서 발생한다.

병원균은 세포나 백혈구의 병든 상태에 따라 발생하기 때문에 병원균이 표적이 아니라 병든 자리의 기를 뚫어주어 피가 순환될 수 있도록 해주는 것이 그리하여 세포가 영양소를 공급받아 세포분열 세포복제를 활발히 할 수 있도록 여건이 만들어지면 병이라는 것은 자동으로 없어져 버리게 되어 있다.

쑥뜸과 전기치료기, 부항 이 세 가지는 전부 기를 뚫어주고 막힌 순환로를 틔우는 치료다. 이 세 가지를 전부 다 활용하면 상당히 건강 회복에 좋다. 현재의 순환기성 질환에는 이보다 더한 답이 없다.

왕쑥뜸으로 가열하여 체온을 올리고 지방을 분해하여 내장의 운동을 촉진시키며 전기치료기로 피와 체액의 음양의 불균형을 보정하여 사혈부항으로 막힌 자리를 뚫어 순환로를 열게 되면 만사는 자동으로 통하게 된다.

과연 사혈부항은 혈액순환에 궁극적인 치료법이다.

오체투지

경남 진영에 가면 '작가의 집'이라는 장애인 대상 무료 화실이 있다. 이곳은 한경혜라고 하는 동양화가가 운영하고 있다. 국선에도 두 번이나 특선을 하고 현재 홍익대학교 동양화과 교수로 재직하고 있다고 하니 단순히 훌륭한 미술가인가라고 생각할 수 있지만 이분은 죽음에서 생명으로, 불가능을 가능으로 바꾼 드라마틱한 삶을 살았던 분이다.

그녀는 선천성 뇌성마비로 태어났다. 흔히 보듯이 손과 발이 마음대로 흔들거리고 말조차 제대로 나오지 않는 중증장애인이었다.

6살이 되었을 때 온몸이 굳어지기 시작하면서 물 한 모금 삼키지 못할 상황이 되었을 때 생명의 마지막을 정리하고자 그녀의 어머니가 어린 딸을 데리고 해인사 불일함 성철스님을 찾아갔다. 성철스님은 삼천 배를 해야 사람을 만나주신다.

여섯 살 어린 것이 넘어지면서 꼬꾸라지면서 3일 만에 꿰어 맞춘 삼천 배를 끝내자 비로소 물이 목구멍으로 넘어가기 시작했단다. 그렇게 기적을 체험하면서 어렵게 만난 성철스님으로부터 매일 천 배씩 절을 하면 오래 살게 될 것이라고 하시는 말씀을 듣고 그날부터 한 화백은 매일 천 배씩을 30대 중반인 지금까지 하루도 빠지지 않고 해 오고 있다고 한다.

한 화백의 굳어지기 시작한 온몸이 절을 함으로써 풀어지고 근육이 이완됨으로써 피가 잘 돌게 되어 중학교 다니면서부터는 건강해졌다. 절을 하는 동안의 강력한 유산소 운동 효과로 피가 잘 순환되었고, 뇌 속으로 풍부한 산소가 공급되자 일반적으로 알고 있는 뇌성마비 아이의 수준을 뛰어넘어 학교에서의 성적이 매우 좋았다고 한다. 한 화백은 그 뒤로도 매일 천 배 절 수행을 하여 여섯 살이 되었을 때 병원에서 살 수 없다고 확진한 천형 뇌성마비를 이겨냈다. 뿐만 아니라 본인의 의지와는 상관없이 온몸이 마구 흔들거리는 장애를 갖고도 그림을 그리는 화가가 되었다고 하는 것은 기적이라고 밖에 말할 수 없다.

죽어가던 사람이 다만 절하는 것 하나만으로 일체의 병원치료나 약물 도움 없이 생명을 되돌렸다고 하는데 어떻게 그것이 가능하게 되었을까.

이 세상에서 절을 가장 많이 하는 곳이 아마 산속에 있는 절일 것이다. 흔히 절이라고 하는 사찰은 사람이 절을 하기 위해 찾아가는 곳이라는 이야기도 있다. 절에서는 일반 신자나 스님 모두 절을 통하여 부처님께 경배 드리고 절을 통하여 회개하며 절을 통하여 정성을 드린다.

그렇기 때문에 사찰에서의 절은 그것 자체가 수행이며 득도의 방법이다. 절을 하면서 오체투지 해보면 사람이 더 이상 자기 몸을 낮출 수 있는 것이 없다는 것을 알게 된다. 사람의 머리와 두 팔꿈치 두 무릎, 이렇게 다섯 곳을 바닥에 대고 엎드리면 세상에서 가장 겸손하게 자신이 낮아지고 가장 작은 자세로 오므리게 되어 자기 몸 안의 온갖 욕심과 사심이 내쉬는 숨과 함께 모두 나오게 된다. 하나로 마음을 모으고 절하는 동작 하나하나에 집중하면서 온몸을 완전히 구부렸다가 펴고 하는 동작을 계속하다 보면 관절과 관절 사이 뼈마디와 근육의 운동이 되고 근육이 긴장과 이완을 계속하여 탄력을 가지게 되며 계속되는 절 동작이 호흡과 일체를 이루어 체온이 올라갈 즈음이면 온몸의 땀구멍이 열려 몸속에 쌓인 노폐물을 배출하기 시작한다.

현대인의 생활은 움직이면 차를 타고 힘든 일은 대부분 기계로 처리하니 따로 시간을 내어서 운동을 하지 않는 한 몸에서 땀이 나올 일이 거의 없다. 그래서 일부러 시간을 내어 운동을 해본답시고 조금 움직여보려고 하나 추운 겨울이나 비 오는 날은 몸에서 땀이 나도록 운동을 하기가 사실 매우 어렵다.

현대의학으로 치료가 어려운 난치성 질환이 범람하는 가운데 이제 사람들은 생활습관을 고치고 운동을 해야 건강한 생활을 유지할 수 있다는 것을 알게 되었다. 그리하여 요즈음은 많은 사람이 시간과 경비를 들여 헬스클럽을 찾는다든가 멀리 제주도까지 가서 올레길을 걸으면서 건강과 생명의 기쁨을 맛보고자 한다.

그러나 가정집의 한 평도 안 되는 좁은 장소에서도 언제든지 날씨와 시간에 상관없이 할 수 있는 절 운동은 가장 돈이 들지 않으면서 언제든지 마음만 먹으면 바로 실천할 수 있고 그 즉시 효과를 볼 수 있다.

절을 하는 동작은 가장 정적인 운동이면서도 가장 강도 높은 유산소 운동이다. 그렇기 때문에 몸속에서 연소하기 시작하는 열량이 체력으로 소비되지 않고 몸속의 노폐물을 태워서 피부 모공을 통하여 바로 배출함으로써 현대인의 질병의 대부분을 차지하는 당뇨나 중풍, 심장질환 등 순환기성 질환을 치료할 수 있는 가장 이상적인 운동이 되는 것이다.

사람의 생명은 숨 쉬는데 있고 건강의 척도는 호흡의 길이에 비례한다. 특히 숨을 쉴 때 깊이 쉬어야지 짧은 호흡을 하면 폐가 점점 줄어들어가기 때문에 짧게 숨을 쉬게 되면 심장으로 돌아가는 것이 없게 된다. 내쉬고 들이쉬는 호흡의 길이가 짧아져 간다는 것은 생명이 끝나간다는 것과 같다. 숨을 아랫배로 깊이 들이마시고 천천히 내쉼으로써 정신이 맑아지고 육신이 건강해지게 된다.

현대인들은 대부분 패스트푸드와 스트레스 등으로 마음속이 강박하고 울화가 치밀어 호흡이 턱밑에 닿는 짧은 숨을 쉬고 있다. 절을 꾸준히 하여 호흡을 길게 하며 절이 끝난 후 기독교인은 성경을, 불교인은 불경을 크게 소리 내어 읽으면 막혔던 심보가 터지면서 호흡이 뚫리고 피와 기운이 비로소 활기를 찾아 제 기능을 하게 된다.

사람은 나이가 들어가면 대부분 목구멍이 좁아진다. 그것은 먹는 음식물의 목 넘김에도 영향을 주지만 들고 내쉬는 호흡에도 적잖이 지장이 있는데 절을 함으로써 기와 혈이 왕성히 활동하도록 만들어진 상태에 사람의 앞날을 밝혀주는 귀한 말씀인 성경이나 불경 등을 목청껏 훈독하면 외적으로는 기운이 목구멍을 틔우게 되고 내적으로는 좋은 영적인 배경이 만들어진다.

공해와 농약, 중금속 등으로 오염된 음식물 속에 살고 있는 현대의 나이든 사람들은 건강이 항상 걱정되고 가정의 젊은 자녀들을 쳐다보면 소돔과 고모라 같은 이시대의 환경에 자식을 던져놓은 것 같아 마음 잘 날이 없다. 가정에서 부모와 자식이 함께 하나님께 경배하고 귀한 말씀을 항상 훈독하게 되면 자녀의 심성이 고와져 정서적으로 안정이 되고 120배 210배 절을 통하여 또한 육신이 건강해지니 세상에 두려울 일이 무엇이 있겠는가. 천복을 받게 될 것임이 확실하다.

천일국 체조

2008년 7월 19일 경기도 가평 자락 산기슭에 한 대의 헬리콥터가 추락한 사건이 있었다. 가정연합의 창시자이신 문선명 총재와 가족 그리고 수행원이 탑승한 헬리콥터였는데 갑작스럽게 발생한 짙은 안개로 인하여 돌발적으로 발생한 피할 수 없는 사고였다.

일반적으로 헬기사고는 발생률이 적지만 일단 사고로 연결되면 생존율이 극히 희박하다고 한다. 그런데 90세 노인인 문 총재와 수행원 모두가 큰 부상 없이 대형 사고에서 살아났다. 기적이라 아니할 수가 없다.

약 11톤 무게의 헬리콥터가 순식간에 땅으로 떨어져버린 대형 충격 속에서도 금방 건강을 회복한 문 총재가 신체의 유연성과 근력 강화를 위하여 아주 특별한 스트레칭으로 평생을 단련해 왔다는 사실을 아는 사람은 많지 않다.

문 총재가 북한 선교활동 중 체포되어 홍남 감옥에서 질소비료 운반 작업의 노역을 할 때부터 지금까지 꾸준히 해 온 것으로 알려져 있다. 비료의 독성으로 생명의 위급함을 느낀 총재가 특별히 고안한 '천일국 체조'라는 이름의 이 운동을 통해서 지금까지 신체의 근력 증강 그리고 유연성을 지켜왔다고 한다.

일반적인 체조의 근육운동 관절운동 등과 달리 천일국 체조는 사람의 몸과 마음을 다스리고 기혈의 순환을 촉진하며 인체를 이루고 있는 여러 장기의 내외양면의 힘의 균형을 도와 기울지 않는 건강한 몸이 될 수 있도록 한다.

이웃에 살고 있는 친구의 어머니가 어느 날 장성한 자식들에게 옛날에 못 먹을 밥을 한번 먹인 적이 있다고 실토하시면서 매우 미안해하시더라는 얘기를 들은 적이 있다. 아주 어려웠던 옛날, 그 어머님이 시골의 먼 길을 걸어 학교를 가야하는 자식들에게 아침을 먹이기 위하여 어두운 새벽에 밥을 준비하셨는데 아침이 밝아 밥을 솥에서 푸고 먹을 물을 뜨기 위해 부엌 안의 옹기물독을 보니 물독 안에 쥐가 한 마리 빠져 죽어있는 것을 그제야 발견하신 것이었다.

쥐가 금방 빠진 것이 아니고 죽은지가 제법 되었는지라 새벽에 밥을 지은 물이 쥐 빠진 물임을 알아차린 엄마가 한참을 고민하였다고 한다. 간신히 구한 쌀을 가지고 아이들 밥을 준비했는데 먼 길 가야 하는 아이들을 굶겨 보낼 수도 없고 하여 그 밥을 그대로 먹여 보냈다는 것이다. 그러면서 엄마도 죄의식을 느껴 같이 먹었는데 그 어머니는 먹고 난 뒤에 역겨워서 토해버렸다고 미안해하시더란다.

그 얘기를 들은 우리 친구는 미안해하시는 어머니에게 자기는 그런 것을 먹어서 지금 이렇게 건강하다고 오히려 어머님을 위로해 드리는 효자였다.

한솥밥을 같이 나누어 먹었는데 음식이 되는 사람이 있고 토할 수

밖에 없는 독이 되는 경우도 있다. 물독 속에 배를 뒤집고 누워있는 쥐를 눈으로 보았을 뿐인데 튀어 나오려면 눈알이 나와야지 왜 보지도 못하는 위장 속의 음식물이 올라오는 것일까.

그것은 눈과 위장이 남이 아니라는 얘기다. 눈이 직 간접적으로 위장을 주관한다는 것을 보여주는 것이다. 우리가 현대의학이라는 이름에 빠져 잠시 멀리했지만 수천 년 역사를 자랑하는 동양의학은 여기에 명쾌한 해답을 제시한다. 사람의 인체는 눈으로 보이는 기관만 있는 것이 아니라 눈에는 보이지 않지만 인체의 기운과 피를 운행시키고, 장부를 연락하여, 인체의 내외 상하를 연결시켜 체내의 각 부분의 기능을 조절하고 통제하는 통로인 경락이라고 하는 기운이 흐르는 길이 있다는 것이다.

족양명위경과 같이 경락의 흐름이 위장을 주관하면서 흐르는 경우도 있고 족태양방광경과 같이 방광을 주관하는 경락도 있다.

위장과 방광, 담을 주관하는 족3양경이 눈에서 출발하여 위장과 방광 등 장기를 지나 발로 내려간다.

보는 것으로 인하여 위장의 활동에 영향을 받기도 하지만 방광과 담도 같은 기운 아래에 있다. 사람이 아주 무서운 것을 보면 본인도 모르는 사이에 오줌이 흘러나와 버리는 경우도 있고 간담이 서늘했다고 표현하는 것처럼 눈으로 보는 것은 위장과 방광 그리고 담을 주관한다는 것을 알 수 있다.

눈을 통하여 잘 본다고 하는 것은 비단 시력이 좋다는 것만 얘기하는 것은 아니다. 사물을 바로 볼 줄 알고 좋게 볼 줄 알아야 한다는 내용이다. 좋은 것은 더 좋게 보고 나쁜 것도 좋게 볼 줄 알면 위와 방광 등 인체의 기관이 상응하여 원활한 기능을 하게 된다.

천일국 체조는 아침에 일어나면 제일 먼저 눈을 마사지 하면서 운동을 시작한다. 눈 주위를 비비고 주물러 주어 눈이 건강해지고 사물을 잘 볼 수 있도록 감사와 사랑을 보낸다. 그 다음 코를 주물러주고 코 주위를 눌러주어 호흡이 바로 되도록 한다.

사람이 나이가 들면서 체력이 떨어지는 가장 큰 이유가 호흡기의 문제이다. 조금 움직이면 숨이 차고 피로한 것은 폐의 기능이 떨어진 것이고 폐 기능의 저하는 바로 코의 문제이다. 축농증, 비염 등의 여러 가지 폐질환은 시간이 지나면서 비강의 내부를 좁게 만들고 공기의 순환이 방해를 받아 자동적인 폐질환을 일으키게 된다. 그렇기 때문에 평소에 코와 코 주위를 마사지 해보면 코가 시원하게 뻥 뚫리기도 하고 숨 쉬기가 아주 편해지는 것을 느낄 수 있다.

숨 잘 쉬는 것은 바로 생명 그 자체가 아닌가. 나쁜 것도 좋게 볼 줄 알고 듣기 싫은 말도 좋게 생각할 줄 아는 지혜는 심신의 안정을 가져와 그 사람의 건강만이 아니라 운명까지 바꾸게 한다. 그러므로 코와 입으로 들어가는 모든 것이 육신의 건강을 주관하고, 좋은 눈과 건강한 귀는 또 사람의 코와 입을 주관하여 생명과 운명까지 바꾼다는 것을 알 수 있다.

나이가 많이 든 사람들의 얼굴을 자세히 들여다보면 여러 가지 형태의 점들과 이상 색소들이 피부에 침착되어 있는 것을 볼 수 있다. 저승꽃이라 불리는 피부 반점들은 세월의 연륜과 더불어 생겨나는데 옛날 사람들이 구태여 저승꽃이라 부르게 된 데에는 그럴만한 이유가 있다.

대부분 노화와 더불어 저승꽃도 생겨나지만 무조건 늙었다고 피부에 반점이 생기는 것이 아니다. 나이에 상관없이 피부가 깨끗한 사람도 있다. 그러나 얼굴에 여러 형태의 반점이 생기기 시작하면 대부분 그 사람 건강에도 문제가 많이 생겼음을 알 수 있다.

가을에 수확하는 사과나 과일의 표면에 이상 색소의 반점이나 상한 부분들이 생기는 것을 한여름 뜨거운 태양 탓이라고 또는 나무에 기생하는 이상 해충에 의한 것이라고 생각한다면 잘못 판단한 것이다. 지혜로운 농부는 그럴 때 바로 뿌리에 거름을 하고 가지치기와 토양을 다듬어 내년의 농사에 대비한다. 과일이나 열매의 표면에 반점이 생기거나 탄력이 없으면 나무의 외적인 환경보다 뿌리에서 시작되는 나무 전체의 이상 현상이라고 말할 수 있다.

사람도 얼굴에 저승꽃 등이 피기 시작하면 인체의 각 장기들이 기능을 상실해가고 있는 중이라는 것을 미루어 짐작할 수 있다. 위장과 대장의 기능이 부실하여 음식물의 소화흡수가 부실하고 변비라든가 또는 질병으로 얼굴 피부에 주름이 생기고 피부 질환 등이 생기기 시작할 때 내과적인 치료도 중요하지만 반대로 얼굴을 다스려 인체 내장의 기능에 영향을 줄 수도 있다.

눈과 귀를 주물러주고 코와 입을 마사지하면 산소의 흡입이 촉진되고 침샘이 흥분하여 소화 흡수할 수 있는 좋은 조건을 모두 갖추게 된다. 그것은 코와 입으로 들어오는 감기라든가 다른 질환을 예방할 수 있는 길이 되기도 하지만 평생을 건강한 삶을 살아갈 수 있는 축복의 시작이라고 말할 수 있다.

공해와 패스트푸드 등 주변의 환경이 건강을 지키기 매우 어려운 이때에 본인과 이웃이 같이 매일 천일국 체조를 실천한다면 건강을 지키는 데 부족함이 없을 것이다. 이는 또한 인류의 건강을 지키는 천일국 체조의 큰 사명이기도 하다.

석면 화장품

세상에 믿을 것이 없다. 화장품마저 석면으로 만들어졌다는 것을 알고 나니 참으로 무엇을 믿어야할지 알 수가 없다. 화장품은 식품이 아니기 때문에 그동안 여러 가지 중국제 식재료 사건이 나도 전혀 의심하지 않은 품목이기도 하였다

그래서 사실 전혀 가리지도 않았고 부담 없이 아무 것이나 사용해 왔는데 이제는 먹는 것, 입는 것, 바르는 것 모두제 조사를 확인하고, 원산지 확인하고 구매해야할 판이다.

며칠 전 동네 베이커리에서 빵을 사서 카운터에서 계산을 하는데 계산하시는 여 사장님은 슬쩍 봐도 화장을 많이 한 얼굴이었다. 얼굴을 하얗게 화장했는데 석면이 없는 제품을 썼는지는 모르겠다. 그러나 화장품의 유해물질이 석면만 있는 것이 아니고 몇 년 전에는 수은 파동도 겪었지 않은가. 아무리 수은이 무섭고 석면이 무섭다는 경고도 여자의 아름다워지고 싶은 욕망을 이기지는 못하는 모양이다.

그런데 과연 화장품이 사람의 얼굴을 아름답게 만들어줄까. 요즘 사우나에 가보면 목욕한 뒤에 보습효과를 위해서 오일이나 크림을 바

르는 사람을 가끔 볼 수 있는데 대다수 화장품이 내세우는 보습효과의 진실은 무엇일까.

결론은 화장품은 사람의 얼굴을 아름답게 만들지도 못할 뿐 아니라 얼굴을 빨리 노화시키고 사람의 건강에까지 나쁜 영향을 준다는 것이다. 특히 어린이를 목욕시키고 보습효과를 위하여 베이비오일을 발라주는 것은 크게 잘못된 것이라고 할 수 있다.

얼굴을 포함한 사람의 피부는 인체에서 여러 가지 중요한 역할을 한다. 피부표면은 호흡을 하며 노폐물을 발산시키고 외기의 침입을 막아주며 항온성을 유지하여 인체를 보호하는 여러 가지 일을 한다. 그런 부분에 화장품을 짙게 바르게 되면 아스팔트 밑의 흙이 생명을 잃어가듯이 피부도 서서히 생명력을 잃어갈 수 있다는 것이다.

인체의 피부가 여러 부분이 있지만 그중에서 대표되는 부분이 얼굴이다. 어느 곳 하나 중요하지 않은 곳이 없지만 특히 얼굴은 그 사람을 나타내는 상징적인 부분이기도 하다. 인체피부 전체의 상태를 나타내면서 건강의 보편적인 것까지 나타내 보여준다.

일반적으로 사람의 표면에만 있는 것이 피부로 알고 있는데 얼굴 피부 중 코의 외측이 피부이고 공기가 흘러가는 코의 안쪽 부분도 피부이다. 다만 외측에 있느냐 내측에 있느냐 하는 차이일 뿐이지 외부의 환경으로부터 뼈와 혈액 근육 등 내측을 감싸고 있는 모든 부분이 피부라고 할 수 있다.

사람이 밥을 먹으면 입을 통하여 위장으로 내려가고 소장과 대장을 거쳐 항문으로 배설된다. 외부의 물질 즉, 음식이 간이나 신장 등 내부 기관으로 직접적으로 가지 않는다. 소화된 음식물이 소장, 대장을 지나면서 흡수된 영양소만 전달된다.

물질이 직접 접촉하는 부위는 모두 피부에 해당된다. 그래서 사람의 폐도 피부의 역할을 하고 있고 동양의학 12경락에서는 폐를 수태음폐경이라 하고 대장은 수양명대장경이라 하여 서로 음과 양을 이루어 상대되는 장기라 보고 있다. 즉 폐와 대장은 전혀 상관이 없을 것으로 보이지만 폐와 대장을 외부의 물질을 받아들여 사람이 살아갈 수 있는 에너지를 얻을 수 있는 기능을 하는 인체의 기관이며 서로 부부되는 장기이도 하다.

그래서 폐가 나쁜 사람은 자동적으로 대장이 나빠지고 변비나 대장용종 등 대장의 건강이 나쁜 증상이 있으면 폐의 기능은 자동적으로 떨어지게 되어 있다.

또한 폐와 대장 등 내측 피부의 건강이 나빠지면 인체의 외측 피부 즉, 얼굴이나 팔 다리 등의 상태가 나빠진다. 피부가 건조해진다거나 반점이 생기는 등 피부의 표면에 일어나는 대부분의 현상은 인체 내측 장기의 상태를 그대로 나타낸다고 할 수 있다. 내측의 피부와 외측의 피부가 서로 상응하는 현상을 보여서 폐와 같이 위쪽에 있는 부분의 상태는 팔에 나타나고 대장과 같이 아래에 있는 피부는 다리에 상태가 나타난다.

팔과 다리 그리고 폐와 대장 등 인체 전반적인 피부의 상태는 얼굴에 나타나는데 얼굴은 인체 12경락의 모두가 머리를 중심으로 퍼져나가 있기 때문이다.

그래서 얼굴에 노화가 진행되어 반점이나 이상 색깔의 점 등이 생기는 것을 저승꽃이라고 하는 것이다. 내측인 것이 원인이 되어 얼굴에 주름이나 반점이 시작되면 외측을 다스려 내측을 개선시킬 수 있는 것이 또한 진리이다.

피부가 건조해지고 갖가지 색깔의 주름이 생기기 시작하면 화장으로 숨길 것이 아니고 외측피부를 다스려 내측 장기의 건강을 개선시켜야 한다. 내측의 장기가 건강해지면 외측 피부는 화장품이 필요 없게 된다.

미국에 갔다 온 사람들의 얘기를 들어보면 미국 사람들의 피부가 매우 건강하지 않다고 한다. 흑인의 얼굴은 잘 보이지 않지만 백인들의 얼굴에는 대체적으로 주근깨가 많아 한국인보다 매끄럽지 못하다고 한다.

그것은 오랜 기간 패스트푸드와 탄산음료를 먹어서 내측 피부 즉, 대장이나 소장의 상태가 건강하지 못한 것이다. 일본인으로써 미국에서 세계 최초로 대장내시경 수술을 하여 세계 최고의 대장내시경 전문의가 된 신야 히로미 박사의 표현을 빌리면 처음으로 미국인의 대장 안을 내시경으로 보았을 때 그 상태가 건강하지 않았음에 매우 놀랐다고 한다. 패스트푸드와 인스턴트식품은 대장만을 망치는 것이 아니라 나중에는 대장과 부부장기인 폐를 손상시키고 결국 인체가 전반적인 외부의 열량을 받아들이는 것을 방해하여 비만, 심장질환, 고혈압 등 보다 근본적이고 치명적인 질환을 유발하는 것이다.

우리주변에 80세와 90세를 넘기고도 건강하게 살아가는 사람들을 보면 대부분 얼굴이나 전체 피부가 깨끗한 것을 볼 수 있다. 그것은 인체 내부의 폐나 대장이 비교적 깨끗하다고 하는 말과 거의 일치한다. 사람은 얼굴이 맑아야 건강하게 오래 살 수 있다.

그래서 40세를 넘기면 본인의 얼굴에 책임을 져야 한다는 말이 있는 것 같다. 화장을 짙게 하는 사람도 처음부터 그렇게 하지는 않았을 것이다. 화장을 하는 시간이 길어지고 화장품의 사용이 많아지면 비례하여 나의 건강이 무너지고 있다는 생각을 해야 할 것이다.

천일국 체조로 얼굴을 매일 관리하고 삼위일체쑥뜸으로 폐와 대장을 관리하면 크게 의료체계에 의지하지 않고도 건강한 미래를 살아갈 수 있다.

숨통과 밥통

젊은 시절 친구 중 한 사람이 술통이라는 별명을 갖고 있었다. 흔히 말하길 막걸리 1말을 지고 가지는 못해도 먹고는 갈 수 있다고 한다. 분명히 같이 앉아서 밥을 많이 먹었는데 그러고도 술을 먹기 시작하면 끝도 없이 술이 들어간다. 그래서 우리들은 사람 배에는 술 들어가는 술통이 따로 있고 밥 들어가는 밥통이 따로 있는 줄 알았다.

지금 생각하면 사람의 위장이 참으로 대단하다는 생각이 든다. 그렇게 술을 많이 먹고 안주도 아무 것이나 마구 먹고 바로 잠자리에 드는 무지한 행동을 많이 하였다는 생각이 든다.

그동안 먹은 것이 너무나 엄청난데 그 많은 것들을 말없이 받아주고 내 몸으로 만들어준 밥통의 고마움에 새삼 눈뜨게 된다. 밥통만이 아니라 호흡기를 통하여 하루에도 엄청난 양의 산소를 받아들이고 있다는 사실도 기억해야 한다.

사람은 밥 먹지 않고 호흡하지 않고는 잠시라도 살 수가 없다. 밥 먹는 것은 밥통이, 호흡하는 것은 숨통이라고 하여 사람 몸에는 담을 수 있는 큰 통이 두개 있다. 머리끝에서 발끝까지 여러 가지 기관과 여러 종류의 피부, 뼈, 체액, 피 등이 있지만 그것은 모두 코로 들어가는 산소를 비롯한 공기 중의 여러 원소와 입으로 들어오는 만 가지 음식물을 통하여 사람의 모든 것을 만들고 생명을 운행한다.

그러므로 밥통이나 숨통은 지상에 존재하는 만 가지 물질을 담을 수 있는 큰 통이기도 하지만 숨통, 밥통을 통通하지 않고는 사람의 생명현상이란 있을 수 없는 것이다. 그러면 숨통의 산소와 밥통의 음식물은 어떻게 하여 사람의 생명현상이 발현될 수 있도록 인체 내부 전체에 전달될 수 있을까.

바로 가슴의 심장을 통하여 산소와 영양소가 피를 타고 온몸으로 가는 것이다. 그래서 동양의학적으로 사람의 밥통인 위장의 기시혈 중완과 숨통 즉, 폐의 기시혈 중부혈을 연결하면 사람의 상체위 부분에 역삼각형이 생긴다. 그리고 보면 그 가운에 바로 심포의 모혈 전중이 있는데 정확하게 중심자리에 심장이 있는 것을 알 수 있다.

그러므로 사람은 숨통과 밥통을 잘 관리하면 그 중심에 있는 심장이 생명의 활기를 띄게 되고, 반대로 숨통과 밥통 관리가 부실하면 즉시 심장의 기운이 영향을 받아 여러 가지 문제를 만들게 된다.

사람의 생명이 살아 있는 동안 단 1초도 쉬지 않는 심장은 그렇기 때문에 산소나 위장의 영양소를 가장 많이 필요로 하기도 한다. 그래서 또한 심장처럼 산소와 영양소의 성분에 따라 즉시 반응을 일으키는 장기도 없다.

옛날에 연탄가스를 마셔서 사망하는 일들이 많았는데 피 속에 흡수된 일산화탄소는 바로 심장을 세워버린다. 사람의 심장을 두고 동양의학적으로는 실재적 장기인 심장과 사람의 마음을 담고 있는 심포라고 하는 두 가지 심장을 얘기하고 있다. 그런데 우리는 사랑이라고 표현하는 모양으로 심장을 상징하는 하트를 쓰고 있다. 그것은 서양 사람들도 마찬가지로 심장 속에 사람의 마음이 있다고 생각을 한 것일까.

사실 심장이 밥통과 숨통에 의해 직접적이고 전체적인 영향을 받는다고 했는데 그와 같이 먹는 음식물에 따라 사람의 심성이 변한다는 것은 현재의 과학이 증명하고 있다. 패스트푸드라든가 인스턴트간식을 오랜 기간 섭취하면 사람이 조급성과 공격성을 띄게 된다는 것은 이미 밝혀진 내용이다.

이와 같이 심장의 기운을 나타내는 심포라고 하는 사람의 마음보는 밥통과 숨통의 내용물에 따라 달라지는데 사람의 마음 자세 즉, 심포의 작용에 따라 즉시 반응하는 부분이 인체의 엔진인 대장과 소장(창자)이다.

우리 속담에 "사촌이 땅을 사면 배가 아프다"는 말이 있다. TV 광고에서 헬리코박터균의 문제로 위장이나 대장에 질병을 야기한다고 하는데 사람 내장의 문제는 내장 안의 효소나 유산균의 문제가 먼저가 아니라 마음보에 따라 소화 흡수가 달라진다고 하는 것이 정확하다. 사촌이 땅을 사면 축복해 줄 수 있는 마음보를 가지고 살아 보면 숨통과 밥통의 내용이 깨끗해지고 충만해진다. 항상 사랑하는 마음으로 살아가는 사람은 마음 놓고 살아가니 호흡도 길어지고 소화 배설도 잘 이루어진다. 그런 사람이 어떻게 소화가 잘 되지 않겠는가. 배가 아플 수가 없는 것이다.

심포라고 하는 마음보의 문제는 오랜 기간 운영이 잘못되면 호흡기에 문제를 일으키고 먹는 음식물의 내용이 달라진다. 술이나 마약 등의 나쁜 음식은 건강한 마음을 가지고 있는 사람은 절대 먹을 수가 없다. 나쁜 마음보는 내장 안의 환경을 변화시켜 음식물이 완전히 소화되지 않고 소화되지 않는 내용물은 유해가스를 발생시켜 장내 유산균을 비롯한 효소의 변화를 가져와 배가 차가워지고 또 단단해지기도 하면서 병을 만든다.

배의 중심은 배꼽이다. 배꼽은 엄마 자궁에 있을 때 입의 역할을 한 것인데 배꼽을 중심으로 신경은 온몸으로 연결되어 있다. 배꼽으로 들어온 영양소가 10개월 아기의 건강 전체를 책임졌듯이 마음보에 뿌린 병의 씨앗은 배꼽을 중심으로 배에서 병을 만들어 인체의 여러 장기 중 각 개인의 약한 부위에 병이라고 하는 열매를 맺게 만든다. 그래서 병이 어느 곳에 있더라도 배꼽 아래에 반응점이 있다는 것을 알 수가 있다.

현재 한국인의 사망 원인 1위인 암이나 뇌질환, 심장질환 등 말만 들어도 가슴이 서늘해지는 이런 병들은 지금까지도 대략적인 원인만 추측할 뿐이지 확실한 원인을 아직 모르고 있다. 그러니 보이지 않는 것이 더 무섭다고 원인을 정확히 모르니 두렵고 치료를 한다고 하는 것이 고단위 핵폭탄을 쓰게 된 것이다.

요즈음 학교에서 왕따 문제로 피해 학생이 자살까지 하는 심각한 일이 생기고 있다. 피해가 커지니 가해 학생을 학원가의 암 세포로 규정하고 전학이나 구속 등 중징계를 하는 것을 볼 수 있다. 그러나 한두 명 가해 학생을 전학시키고 처벌한다고 해서 피해 학생이 회복되고 학원가의 문제가 해결될 수 있는 것일까.

가해 학생이 한때는 피해 학생인 때도 있었고 피해 학생이 가해 학생으로 변한 학생도 있다. 가해 학생이든 피해 학생이든 모두는 우리들의 귀한 자녀이지 가해자의 자리에 섰다고 해서 한순간에 제거해야 되는 공적이 아니다. 교육과 선도로 학원가의 환경을 바꿔야 모두가 변화되고 좋아질 것이 아닌가.

병원에서 암 진단을 받으면 사람들은 우선 죽음을 먼저 생각한다. 내가 왜 이 자리에 섰을까 한참을 고민하고 난 다음은 바로 암과의 전투에 들어간다. 암이 생긴 부위를 수술로 잘라내고 방사선으로 완전히 태워버린다. 그리고는 분명히 세포독이라 기록되어 있는 항암제라는 약으로 아예 암의 뿌리까지 뽑으려고 수차에 걸쳐 주사하게 된다.

과연 암세포는 내 몸에서 없어져야 하는 가해자인가. 그 암세포는 어디에서 왔는가. 학원가의 학생들이 환경에 따라 가해자가 되기도 하고 피해자가 되기도 하듯이 사람은 숨통과 밥통의 관리 부실로 정상세포가 암세포가 되기도 하고 피가 탁해져서 뇌졸중이나 심장질환을 일으키기도 한다. 그렇기 때문에 내 몸의 일부인 암세포는 제거 대상이 아니라 아끼고 사랑하며 관리해야 하는 대상이다. 수술이나 항암제로 내 몸 전체를 망가뜨리는 일은 막아야 한다. 숨통과 밥통에 내용물을 잘 담으면 처음부터 병이 생기지도 않는다.

동의보감에 '십병구담+病九痰'이라는 말이 있는데 모든 병의 근원이 담痰이라 하는 것을 이미 알고 있었다. 통하지 않고 담을 만들면 현재 우리들이 알고 있는 생활습관성 질환이라 불리는 모든 병은 그래서 발병하는 것이다. 담을 허물고 길을 열어 기와 혈이 통하게 만들어보자. 혈기왕성하면 병이란 것은 애초에 생길 수가 없는 것이다.

궁상각치우

대부분의 사람들은 '궁상각치우'를 중국에서 건너온 우리나라 옛 음악에 쓰인 5음계라고 알고 있다. 그러나 궁상각치우라고 하는 음계는 우리가 일반적으로 알고 있는 고전음악에 쓰이는 음계이기도 하지만 사람의 뱃속에서 울려나오는 5장 6부의 소리임을 아는 것이 더욱 중요하다.

동양의학적으로 5장에 해당하는 간과 심장, 비장, 폐장, 신장은 기능이 서로 다르고 구성요소가 서로 다르다. 간과 같이 대부분이 피로 되어 있는 기관도 있고 심장과 같이 근육이 많은 기관도 있다.

그 기관들 속에 들어있는 피의 양과 질도 서로 다르고 하는 역할도 서로 다르다보니 각 기관의 색깔, 맛, 기질, 냄새 등이 독특한 특징을 갖고 있다.

뱃속에 들어있는 내장들이라 볼 수도 없고 만져지지도 않으며 냄새도 맡아 볼 수 없지만 마음을 모으고 귀 기울여 들어보면 내장의 기관들이 반응하는 소리를 들을 수 있다.

동양의학의 핵심인 음양오행으로 보면 5음계 중 '궁'은 土의 성질을 가진 비위의 소리다. 아침에 일찍 일어나 천일국 체조로 몸을 풀고 좌정하고 앉아서 음양오행의 5음을 불러보면 내장의 5장이 화답한다. 목소리를 가다듬고 "구--웅" 하고 호흡이 다할 때까지 엿가락처럼 쭈욱 늘여 빼면 위장을 중심한 가슴, 배 부분이 우르릉 울리면서 위장이 잠에서 깨어나 일을 할 수 있는 준비를 갖추고 주인의 부름에 화답하는 마음을 느낄 수 있다.

속된 말로 밥통이라 부르기도 하는 위장은 밥만 축내고 일은 하지 않는 사람을 비유하기도 하는데 사람 몸에서 위장만큼 중요한 기관이 따로 있을까. 위장이 없어져서 먹지 못한다면 생명을 유지할 수도 없지만 인생의 즐거움 중 하나를 잃는 것과 같다.

사람이 살아가는 24시간을 추적해 보면 일하고 잠자는 시간이 가장 길지만 밥 먹고, 간식 먹고, 기호음료 마시는 시간도 적지 않다. 사람들이 먹는 음식을 가만히 들여다보면 살아가기 위해 먹는 것인지 다만 즐기기 위해 먹는 것인지 분간이 가지 않을 때가 많다.

술과 담배는 어느 쪽인가. 지금 우리나라를 비롯하여 미국이나 선진국에서 비만이라고 하는 신종 질병으로 문제가 되지 않는 나라가 없다. 먹어도 먹어도 끊임없이 먹고 싶어지는 이유는 무엇인가.

몸무게가 100kg이 넘고 생명이 위험해질 때까지 먹을 것을 입에 달고 사는 사람들의 음식은 내 몸의 건강을 생각하고 먹는 것인가, 먹는 쾌락만을 위한 것인가. 아무 생각 없이 먹고 마시고 마음대로 하고 있지만 그 모든 것을 받아 감당해야 하는 위장 생각은 해본 사람이 없을 것이다.

남은 음식물을 버리는 잔반통과 우리의 밥통은 크게 다르지 않은 것 같다. 이런 시선으로 대형 식당의 잔반통을 들여다보면 놀라움을 금할 수 없게 된다. 짧게는 10~20년에서부터 얼마가 될지 모르는 긴 시간까지 쉬지 않고 사람이 무엇을 집어넣던지 아무 소리하지 않고 충실히 일하는 우리들의 위장. 구웅---위장을 부르는 소리가 들리면 쭈욱 늘어나는 위(밥통)에 사랑과 감사를 보내며 그 수고를 위로하면 그동안 듣지 못했던 위장의 아픔과 하소연을 느껴 볼 수가 있을 것이다.

그러면서 가끔 눈에 눈물도 맺히고 진실로 나의 위장에 무지하고 무관심하였음을 알게 되면서 새삼 그동안 위장의 수고와 성실함에 감사하게 되고 앞으로 위장을 위하여 절제된 생활을 하고 건강하고 아름다운 음식을 먹어야 되겠다하는 각오도 하게 된다.

허파도 한번 불러보자. "사---앙" 하고 길게 불러보면 위쪽 가슴이 부르르 울리면서 마치 전날 하루 종일 일하면서, 걸어 다니면서 들이쉬었던 호흡의 분진들을 털어내는 기분이 든다. 허파의 폐포 하나하나가 먼지와 오염물질을 깨끗이 털어내고 맑고 깨끗한 산소로 가득 차는 기분을 느껴보면서 피 속에 산소의 포화량이 가득 차도록 간구해본다.

간을 부르는 '각'이라는 말은 각이라고 잘라 말하면 안 된다. 다른 음계와 마찬가지로 특히 "가---악"이라고 길게 빼야 한다. 간은 무언의 장기라고 한다. 90%까지 병이 들어도 내색을 하지 않는다고 하니 참을성이 대단하다. 더하여 재생능력도 뛰어나서 웬만해서는 병들고 아플 일이 없는 것이 또한 간이다. 간의 인내에 깊이 감사하면서 더욱 길게 호흡을 늘여 불러준다.

24시간 단 1초도 쉬지 않는 심장도 한번 불러보자. 입술을 오므리고 혀를 앞으로 밀면서 "치---" 하고 목청을 뽑아보자. 오장 중에 심장만큼 근육덩어리로 된 장기는 없다. 사람의 생명이 끝날 때까지 쉬지 않고 펌프질을 해야 하는 심장은 그러기에 항상 피곤할 수 있다. 그래서 요즈음은 심근경색이나 심장마비로 사망하는 수도 많고 병원에서 심장수술로 인해 생활의 불편을 겪고 있는 사람도 많다.

사람의 얼굴은 내장의 5장 6부의 신경이 눈과 귀, 코, 입 등으로 전개하여 나타나고 있다. 심장의 기능과 상태는 혀에 나타나는데 궁상각치우 5음을 불러보면 혀가 오므려지면서 가장 어려운 발음을 하는 것이 심장의 소리 '치'이다.

중풍이나 뇌출혈 등으로 치료를 받고 있는 사람들의 혀를 앞으로 내밀어 보면 대체로 혀가 바로 나오지 않는다. 한쪽으로 치우치게 되는 것을 볼 수 있는데 그것은 중풍 등과 같은 질환이 심장과 연관되어 있기 때문에 그렇게 된다. 대부분 심장에 기능 이상이 생기면서 머리로 가는 혈류의 양이 줄어들고, 뇌 속의 산소 함유량이 부족해지면서 뇌질환이 생기게 되는 것이다. 그렇기 때문에 발음이 어눌해지거나 혀가 제 기능을 하지 못하면 제일 먼저 심장의 상태를 점검해 보는 것이 현명하다. 그러므로 치라고 심장을 부르면서 혀의 상태를 느껴 심장의 건강을 체크하고 심장의 수고로움에 위로를 잊지 않도록 하자.

신장의 소리 "우--"를 소리 내어 보면 목젖이 울리면서 배꼽 아래 신장, 방광 부분이 반응을 한다. 마치 물이 흐르는 것 같은 느낌이 들기도 하는데 피 속에서 분리된 물이 오줌으로 잘 빠져 나갈 수 있도록 목청을 특히 아래쪽으로 내려 깔면서 호흡을 늘여준다.

요즈음 많은 가정에서 애완견이나 여러 반려동물들을 기르고 있는데 사람도 그러하지만 동물들도 그 이름을 불러주고 사랑해주면 확실히 건강해지고 더욱 주인을 잘 따른다고 한다. 초등학교에서도 선생님이 아이들의 이름을 사랑하는 마음으로 자주 불러주면 아이의 성적이 올라가고 심성이 좋아지게 된다. 지금까지는 한 번도 생각해보지 않았지만 내장의 소리 '궁상각치우'를 한 마디씩 최대한 호흡을 늘려 불러보면 새삼 나를 위해 그동안 수고해 온 간이나 심장 등 장기에 대해 감사한 마음이 들고 앞으로 아끼고 사랑해야겠다고 하는 각오도 생긴다. 아울러 숨길이 트이고 호흡도 바르게 된다. 건강한 마음은 건강한 육신에서라는 말이 있듯이 자기 자신을 전정으로 아끼고 사랑할 때 참된 건강이 시작될 수 있는 것이다.

잡초

이번에 메르스 사태로 온 나라가 한바탕 큰 소동을 치렀다. 물론 아직까지 완전히 진정이 되지 않는 상태라서 앞으로 어떻게 될지 모르지만 이번 일을 계기로 인류 앞에 닥친 여러 가지 전염성 질환의 문제에 대하여 깊이 짚어봐야 할 때가 왔다고 생각된다.

메르스라는 중동호흡기 증후군이 처음 우리나라에서 발병한 지 약 한 달 반 정도 지났는데 그야말로 환자 발생지역 사람들은 입에 마스크를 쓰고 환자를 직접 대면하는 방역요원이나 병원담당들은 우주복과 같은 병원균 차폐옷을 입고 환자를 이송하는 것이 마치 우주전쟁을 보는 것 같았다.

그러나 무엇보다 심각한 문제는 전염경로를 확인하는 과정에서 1차 감염자를 떠나 2차, 3차 감염자로 나가면 그 숫자가 기하급수적으로 늘어나는데 있다. 처음 숫자가 적을 때는 방역복을 입은 의료진이 외부차단 특수병실에 환자를 격리수용하여 집중치료가 가능할 수 있었지만 2차를 넘어 3차에까지 감염자와의 접촉관계가 늘어나면 그때는 숫자 파악도 힘들어진다.

펜데믹을 막기 위해 한쪽에서는 공공장소를 비롯하여 사람이 모이는 모든 곳에 방역소독을 하니 얼마 전 소나 돼지의 구제역을 막기 위해 전 국토에 방역선을 깔고 소독 액을 뿌린 것이 생각난다. 병원균이나 바이러스는 뿌리가 뽑히지도 않은 것 같고 오히려 사람이 더 많은 피해를 볼 수 있다는 생각이 든다.

우리 집은 시골 동네에서 조금 떨어져서 야트막한 야산과 접해 있다. 겨울에는 모르고 지내지만 봄이 오고 여름이 시작되려고 하면 온갖 날벌레와 개미, 지네 등 별별 생물이 달려든다. 그런데 요즘에는 담장 사이사이에서 약 1cm 정도 되는 지네과의 벌레가 무수히 기어 나온다.

나는 아침저녁으로 집주변을 둘러보고 벌레가 눈에 보이면 발로 밟아 없애고 방문 담벼락에 붙어있는 놈은 등산용 나무지팡이로 떨어뜨려 밟는다. 그리고는 해가 지려고 하면 살충제 스프레이를 들고 담장에 구멍이 나 있는 곳마다 분사를 하고 문이나 창틀 쪽으로 살충제를 뿌려 집안으로 벌레가 들어오지 못하게 매일 매일 열심히 방역을 했다.

눈에 보이는 것마다 밟아주고 벌레가 숨어 있다 싶은 곳은 매일 매일 살충제를 듬뿍 뿌려 주면서 씨를 말리고 눈에 보이는 놈은 잡으면 되겠다는 생각에 한손에는 살충제, 한손에는 지팡이를 들고 한 며칠 기세 좋게 잡아봤으나 곧바로 승률 없는 전쟁이란 걸 깨달았다.

사실 사람이 벌레나 미생물 또는 바이러스, 세균 등과 싸움을 벌이겠다고 마음먹는다면 그것은 크게 착각하는 것이다. 세균으로 인하여 병이 생긴 사람은 항생제를 사용하여 치료하고 공기 중이나 주변의 생활환경 속에 있는 세균을 소독함으로써 병원성 세균이 물러날 것이라고 생각하겠지만 그것은 계란으로 바위를 치겠다는 것과 같다.

눈에 보이는 벌레조차도 죽여도 죽여도 그야말로 끝이 없이 나온다. 내가 아무리 독한 살충제를 사용하고 지팡이 여러 개를 가지고 벌레를 잡아도 가을의 찬바람에 낙엽이 물들 때가 되면 한순간에 정말로 일시에 퇴장해 버린다.

백신의 승리

전염성 질병 중에 과학이 완전히 승리한 부분도 있다. 콜레라, 천연두와 같은 전염병은 지금까지 인류를 숱한 고통 속에 몰아넣었으나 현재는 예방접종까지 하지 않아도 될 정도로 관리가 되고 있다.

백신과 항생제의 사용으로 이와 같이 완전히 승리한 부분도 있지만 그것은 전염성 균의 씨를 말린 것이 아니라 사람이 백신을 맞음으로써 병원균에 이길 수 있는 항체를 몸 안에 갖게 되면서 얻게 된 승리인 것이다.

그것은 내 몸이 바뀜으로써 즉, 전염성 병원균에 대한 내성이 생겼다는 말이고 면역이 생겼다는 말이다.

물이 마르면서 노화되고, 물이 오염되면서 질병이 시작된다

아토피를 앓는 사람이 가장 두려워하는 것이 가려움이다. 아토피가 있는 온몸을 피가 나도록 긁어대지만 가려움은 수그러들지 않는다. 아토피를 앓아 가려움으로 긁고 난 뒤 피부를 보면 한여름 가뭄으로 갈라진 논바닥을 보는 것 같다.

80세 넘은 사람의 피부처럼 주름이 있고 굴곡이 크게 잡혀 마른 논바닥에서 흙먼지일 듯이 피부 표면에서는 각질이 떨어져 나온다. 아토피의 원인을 피부 세균으로 보지 말고 가물어서 말라가는 논바닥이라고 생각하자. 마른 논에는 물을 대는 것이 필요하듯 아토피를 앓는 피부에 수분을 보충해보자.

사람이 노년이 되면 인체의 수분 함량이 60% 이하로 줄어들면서 체중과 체격에 변화가 온다. 그러면서 가장 크게 변하는 것이 피부 표면이다. 물기가 마르면서 피부가 건조해지고 살비듬이 일어나며 주름이 생기면서 추위를 타게 된다. 인체의 수분이 말라가면 수량이 줄어든 개울물에 이끼나 적조가 발생하듯이 몸 안의 체액이 탁해지며 염증성 농도가 짙어진다.

그래서 나이가 들어가면 수분이 줄어들면서 노폐물의 배출이 힘들어지고 발생하는 독소의 영향으로 피부가 건조해지고 가렵게 된다. 그렇게 마구 긁으면 몸에서 살비듬도 떨어지고 몸에서 냄새도 나게 된다. 어린 손주들이 조금 나이 들면 할아버지 할머니를 멀리하게 되는 것은 우선 불결해 보이기 때문이기도 하지만 몸 안 독소의 영향으로 여러 가지 나쁜 냄새가 발생하기 때문이다.

올해는 중부지방의 가뭄으로 한강수계에 녹조현상이 심각하다고 한다. 한강 행주대교와 김포 수중보 구간에서는 지난 주말 녹조가 심해져 물고기가 집단 폐사하는 등의 피해가 나타나고 있다고 하는데 이는 올해 6월 팔당댐 방류량이 지난 해 6월에 비해 56% 수준으로 크게 줄어 물의 흐름이 정체된 탓으로 분석된다고 한다.

흐르는 물의 유속이 느려지고 각 가정이나 공장에서 배출되는 생활하수로 인하여 물속의 부영양화가 진행되면 식물성 플랑크톤인 녹조류나 남조류가 크게 늘어난다. 물빛이 녹색으로 변하면서 햇빛을 차단하고 그럼으로 인하여 물속에 산소포화도가 떨어지고 물고기나 수중생물이 폐사하기 시작한다. 한강수계나 낙동강수계가 오염물질로 범벅이 되면 그것을 식수로 사용하는 사람이 병이 드는 것은 아주 당연한 일이다.

강물이 녹조현상을 보여 수중생물이 폐사하기 시작하면 녹조의 원인을 찾아 부영양화를 막고 물속에 번식하는 세균을 제거하기 위해 특정약품을 쓰거나 강에 흘러드는 오염물질을 막기 위해 특별히 물리적인 작업을 해야 한다. 그러나 근본적인 대책은 장마처럼 한꺼번에 비가 많이 내리거나 상류에서 맑은 물을 한꺼번에 흘려보내 강물의 오염도를 낮추는 것 외에는 다른 방법이 없다.

사람도 몸 안의 체액이 탁해지기 시작하여 잔병치레가 시작되고 가려움이나 근육의 통증 등이 시작되면 질병치료를 위해 운동을 하거나 생활습관을 고쳐야 한다. 약이나 병원치료 등으로 일시적이며 부분적인 해결을 할 것이 아니라 몸 안의 70%를 차지하는 체액을 맑게 유지하기 위해 몸을 바꾸어야 한다. 체액이 오염되면서 병이 시작되기 때문에 몸 안의 수분유지를 위하여 충분한 양의 물을 보충해 주어야 한다.

물이 인체에서 중요한 일을 한다는 것을 알기 때문에 누구나 물을 많이 먹으려고 애를 쓰고 있다. 사실 물통을 들고 다니면서 며칠만 먹어보면 하루 필요량이 대략 2리터라고 알고 있지만 그것을 수시로 먹기란 참으로 어렵다는 것을 알 수 있다. 건강에 좋은 물을 많이 먹으려고 하면서 물을 마셔보면 쉽게 먹어지지 않는데 그럴 수밖에 없는 것이 아무리 물이라고 해도 마구 마신다고 넘어가는 것이 아니다.

사람의 인체는 참으로 신비로운 것이라서 몸 안의 환경이 수분 부족을 느껴야 갈증을 느끼게 된다. 더 많이 먹기 위해서 조금 더 먹어보면 바로 소변이나 땀으로 배출이 되어 버린다. 물을 끌어당기는 몸 안의 환경은 체액의 염도가 높아졌을 때이다. 혈액의 염도는 0.9%인데 그와 비슷한 농도 이상이 되어야 목이 마르게 된다.

현재의 우리는 몸 안의 염도가 낮게 되어 있는데도 물을 많이 필요로 하지 않는 것은 커피나 음료수 등으로 물이 들어가야 할 부분을 채우고 있기 때문이다. 그리고 기름진 음식과 영양식 등으로 근육 속이 지방으로 채워져 세포가 질식 상태에 있다 보니 수분부족을 느끼지 못한다.

더구나 물을 많이 먹으면 되레 건강에 좋지 않는 영향을 미칠 수 있는 사람도 있다. 우리 몸은 나트륨이 일정 농도로 유지되어야 한다. 그런데 물을 너무 많이 마시면 혈액 속의 나트륨 농도가 낮아지는 저나트륨혈증이 생긴다. 이럴 때는 얼굴, 팔, 다리 등이 붓는다. 특히 신장병, 당뇨병, 심장병 환자는 물을 많이 마시면 안 된다. 신부전증 환자는 소변배출이 원활하지 않아 물이 필요 이상으로 몸에 쌓이게 되면 장기 등이 붓는다. 간경화증환자는 복수가 차기도 한다.

또한 우리가 먹는 일반 수돗물이나 사 먹는 생수가 사실상 어느 것하나 안심하고 먹을 수 없다. 정수기가 가장 안전할 것 같아서 한국의 많은 가정이 오래 전부터 대도시를 중심으로 정수기를 설치하기 시작했지만 시간이 지나면서 정수기의 정수 방법에서도 많은 문제점을 노출시켰다. 심지어 역삼투압방식으로 정수한 순수 물을 장기간 먹음으로 인하여 비타민이나 무기질의 결핍을 가져오는 우를 범하기도 하였다.

사람이 먹어야할 물은 순수 H_2O가 아니라 식탁에서 찾을 수 없는 미네랄 등을 얻을 수 있는 물이어야 한다. 그래서 사람들이 특정 생수를 고집한다거나 또는 너무 미화시켜 마치 그물만 먹으면 건강이나 질병 치료에 탁월한 것처럼 생각하기도 하지만 사실 사람의 체액과 가장 비슷하고 완전히 정수되었고 여러 가지 무기미네랄 및 소량의 영양소도 포함되어 있는 진짜 물은 채소와 과일에 들어있는 물이다.

메르스와 같은 호흡기병은 앞으로도 계속 된다

시외 지역에 살고 있는 지인을 만나 얘기하다가 문득 새로운 얘기를 듣게 되었다. 자기 집에 있는 오래된 감나무가 어느 때부터인지는 모르겠으나 농약을 치지 않으면 감이 하나도 나무에 붙어 있지를 않는다는 것이다.

분명히 약 20년 전만 해도 약을 전혀 치지 않았고 그때는 그래도 감이 잘 열렸다는 것이다. 그러나 요즈음은 농약을 치지 않으면 수확을 전혀 할 수 없다는 것이다. 나도 우리 집 앞뜰에 고추를 몇 번 심었는데 정말 농약을 치지 않으면 해충이 아니더라도 그냥 고추가 녹아버려 전혀 먹을 수가 없었다.

우리가 살고 있는 이 땅도 인체의 구조와 매우 흡사하다. 굶주림 속에 살아온 인류가 배불리 밥을 먹은 지는 얼마 되지 않는다. 그러나 지금 우리들의 충분한 의식주는 자연계의 심각한 파손으로 이루어진

대가이다. 특히 생존에 직결되는 식생활의 발달은 사람이 살아가는 주위 환경을 얼마나 파괴하였는지 현재 정확하게 파악조차 하지 못하고 있다.

지금 우리가 먹고 있는 모든 식재료는 비료와 농약 그리고 유전자 변형 등 일일이 열거하기 힘들 정도로 많은 환경 친화적이지 못한 과정을 거쳐 만들어진다. 그것을 먹는 사람의 몸이 망가지는 것은 당연하겠지만 똑같은 땅을 밟고 살아가는 소나 돼지와 같은 식용동물들도 병이 들게 만들었다. 그냥 자연 속에 살 때는 없었던 소의 광우병이라든가 구제역 등으로 인하여 지난 2011년 한 해만 해도 땅속에 파묻은 소 돼지의 수가 350만 마리나 된다고 한다.

그동안 10여 년에 걸쳐 파묻은 병든 짐승의 수도 엄청나지만 수십 년을 경작해온 논과 밭에 그리고 과일농장 골프장 등 그 많은 곳에 뿌린 농약, 비료 등은 도대체 얼마나 될지 한번 생각이나 해본 사람이 있을까.

땅속을 흐르는 지하수와 토양을 동물의 사체와 인간이 만든 약품 등으로 오염시키면 땅에서 나는 산물에 의지하여 살아가는 인간이 건강할 리는 절대 없다. 그러나 더욱 무서운 것은 그와 같은 환경파괴로 인하여 나타나는 전염성 질환의 공포이다. 인간이 미처 항생제를 만들기 전에 현재와 같은 좋은 교통망을 타고 전국으로, 전 세계로 퍼지는 것은 순식간의 일이 된다. 메르스라는 이름으로 특정 바이러스가 나온 것 같지만 그것은 사실 환경파괴로 인한 세균번식의 기반이 마련되었다는 말이 되기도 한다.

몸을 바꾸지 않고는 병이 가시지 않는다

이번 메르스 사태로도 알 수 있지만 방역시스템이나 항생제로 호흡기 질병이나 순환기성 질환에 대처하겠다는 것은 항상 뒷북만 치는 것이다. 현재의 의학으로 낫지 않는다고 알고 있는 당뇨나 고혈압, 암 등 순환기성 문제의 근본은 어떤 원인균이나 다른 병원성의 문제가 있는 것이 아니다. 말 그대로 병을 가지고 있었던 사람이 순환기의 문제로 몸 안의 환경이 밸런스를 상실한 상태인 것이다.

순환하지 않는 상태 즉, 불통의 상태, 신경의 흐름, 피의 흐름, 인체 기운의 흐름 등 인체 순환기 대사에 댐이 생겼다는 말이다. 흐름이 막히면 정체되고 정체되면 부패가 시작된다. 어디가 막혔느냐가 어디에서 병이 발생했느냐 이고 무엇이 막았느냐가 어떤 병이 나오느냐 하는 것이다.

이와 같이 어떻게 막혔느냐에 따라 의료사전에 있는 수천 가지 형태의 질병이 나올 뿐이다.

여름이 시작되려고 하는 이때 우리 집 주변을 산책삼아 둘러보면 참으로 놀라운 장면을 볼 때가 많다.

그것은 다름 아닌 시골 우리 집으로 들어오는 시멘트 도로의 갈라진 틈에서 자라고 있는 각종 잡초들이다. 이것은 사람이 씨를 뿌린 것도 아니고 경작한 것도 아닌데 어디서 씨가 날아와서 발아하였는지 아무리 땡볕이 내리쬐도 말라 죽지 않는다. 우리 부부와 이웃 사람들이 매일 산책하면서 숱하게 밟고 다녔고, 심지어 자동차가 하루에도 여러 차례 드나들면서 시멘트 가루먼지도 발생시키고 자동차 바퀴의 충격으로 시멘트 도로의 부분이 흔들리고 쪼개지기도 하는데 그 시멘트 도로 사이사이 조그만 틈만 있으면 온갖 잡초가 다 올라온다. 이와 같이 무서우리만치 집요한 생명력을 보고 있으면 감탄이 절로 나오며 정말로 경이로운 마음까지 든다.

농약과 비료에 의지하여야만 생육이 가능한 식용 열매와 야채 등은 각종 항생제와 영양제 등으로 무장한 이시대의 사람과 비슷한 체질의 환경에 놓여있다. 비닐하우스에서 온갖 약품과 과보호 속에 재배한 딸기나 여타 다른 작물은 한여름 땡볕에 잠시만 노출시키면 금방 물러터지며 상하기 시작한다. 그러나 들판에 막자란 쇠비름 등의 잡초는 뿌리째 뽑아 던져두어도 일주일 정도 멀쩡하게 생명이 살아 있다.

사람의 인체가 물이 70%라는 사실을 우리는 아무런 생각 없이 단순하게 받아들인다. 너무나 잘 알려진 평범한 이야기이기 때문이다. 그러나 우리가 먹는 각종 야채와 과일 등도 90% 이상이 물 덩어리라는 것을 한번 생각해보면 물이 바뀌어야 모든 것이 바뀔 수 있다 는 것을 충분히 이해할 수 있다. 물론 종에 따라서 체를 형성하는 물의 성분은 서로 다르다. 그중에 사람은 먹이사슬의 꼭대기여서 모든 지상에 존재하는 원소가 필요하다.

부족한 영양소와 미네랄 등을 사람이 임의로 만든 약을 통하여 보충하게 되면 필요 미량원소의 부족을 피할 수 없다. 각종 생명체가 빨리 상하는 것은 체를 이루고 있는 물이 미네랄 등의 부족으로 산성화되어 있기 때문이다. 환경이 조금만 바뀌어도 금방 염증성으로 변하여 부패하기 시작하는 것이다. 비료나 영양제 등이 없어도 잘 자라며 밟아도 죽지 않고 아무리 가물어도 말라 죽지 않는 잡초의 생명력은 그 체를 이루는 물이 건강하기 때문이다.

이번 메르스의 국가적인 소동을 보면서 감염된 환자의 치료나 접촉한 사람들의 격리 등에 참으로 많은 인력과 돈이 들어가는 것을 보았다. 심지어 단 한 사람의 메르스 환자에게 약 13억 원의 치료비를 썼다고 하는 얘기도 들었는데 병원균의 국내 유입을 막고 메르스 균에 대한 항생제 개발에는 앞으로 얼마나 많은 수고와 돈이 들어가야 될까. 그러나 우리는 그런 돈과 수고가 없이도 내 몸의 체액만 바꾸면 그와 같은 전염성 질환은 걱정 없이 넘어갈 수 있다.

많은 사람들이 가지고 있는 비염이나 위염, 장염 등 염증성 질환들은 깨끗한 물로 내 몸을 바꾸고 축농증이나 비염 등이 있는 기관지를 깨끗하게 하면 메르스뿐만 아니라 어떤 호흡기 질환도 발병할 수가 없다. 병원균은 염증으로 부패되어 있는 자리가 그들의 인큐베이터이기 때문이다.

작물은 사람이 재배하고 잡초는 하나님이 키우신다고 하는 얘기가 있다. 못 쓰는 것으로 알고 있는 잡초의 건강한 물은 사람의 몸도 건강하게 바꿀 수 있다. 야채와 잡초 등에 들어 있는 건강한 물을 먹을 수 있는 생식을 통한 체질개선은 우리의 미래를 건강하게 만들어줄 것이 확실하다.

닦고 조이고 기름치자

젊은 시절 육군에 입대하였을 때 우리 부대 자동차 정비반 지붕에 붙어있던 문구이다. 사회생활하면서 공장에 다녀보면 기계를 운용하는 대부분의 장소에도 '닦고 조이고 기름치자'는 문구가 달려 있었다. 모든 공장의 기계는 닦고 조이고 기름치는 정비를 통하여 기계고유의 사명을 다할 수가 있기 때문이다.

결혼하고 자식을 낳아 키우면서 나의 바람과 너무 다른 결론이 나오는 것을 지켜보고 새삼 닦고 조이고 기름치지 않았구나 하는 것을 통감할 수 있다. 지금도 주말이면 자동차에 꽃이나 풍선을 달고 신혼여행을 출발하는 광경을 가끔 볼 수 있다. 뒤차로 친구들이 따라가서 밤새워 마시고 춤추며 흥겹게 지내고 오기도 한다. 지금이나 지난날이나 한결같이 결혼식이 잔치하는 날이요. 잔치하는 날이 술 먹는 날이라는 생각이 변하지 않은 것 같다.

지금으로부터 약 30여 년 전 우리나라에서 처음으로 자동차를 만들기 시작했을 때 그 당시 자동차를 한 대 구입한다는 것은 한 가정의 큰 사건이었다. 지금처럼 자동차를 배달시켜 받는 것이 아니라 멀고면 자동차 회사의 출고장까지 하루 전에 가서 기다렸다가 신주단지 받듯이 자동차 열쇠를 받아들면 크게 한상차려 고사도 지내고 자동차 시트 깔고 매트 깔고 타이어 바꾸고 하면서 새 차를 다시 만든다.

그러나 대부분의 자동차들은 그런 정성에도 아랑곳없이 출고 후 얼마 되지 않아서부터 정비공장에 AS 도장을 찍고 다닌다. 도로를 달리다가 갑작스레 시동이 꺼져 버리기도 하고 부속품이 고장이 나서 길가에 세우기도 했었다. 그야말로 매일 닦고 조이고 기름치지 않으면 언제 정지해버릴지 알 수가 없었다. 얼마 전에 현대자동차 미국 법인이 현대차 몇 개 차종에 한해 10년의 기간 동안 또 10만km의 운행을 보증해 준다고 하는 내용의 신문기사를 읽은 일이 있다.

자동차 생산을 시작한지 시간이 제법 지나 비약적인 발전을 이룬 것임이 확실하나 나오자마자 AS를 받아야 되는 차와 10년 기간을 보증해주는 차는 무엇이 다를까.

그것은 생산 공장이 다르기 때문이다. 생산 공장이 다르다는 것은 제품의 품질이 다르다는 얘기이기도 하다.

흔히 우리는 결혼을 하면 자식은 자동으로 생기고 밥 먹이면 자동으로 성장한다고 알고들 있다. 몇 년 전 황우석 박사의 줄기세포사태로 나라 안이 떠들썩한 적이 있었는데 덕분에 국민 대부분이 줄기세포가 무엇인지 알 수 있는 사건이 있었다. 현재 세계 각국의 줄기세포 연구는 과히 총성 없는 전쟁으로 어느 나라든지 먼저 선점하여 특허를 등록하면 천문학적인 이익이 있다고 한다.

그도 그럴 것이 인체장기 어느 것이든 분화할 수 있는 씨, 즉 줄기세포를 만든다는 것은 죽을 사람도 살릴 수 있다는 얘기이기도 하기 때문이다. 당뇨로 신장이 못쓰게 되면 투석할 필요 없이 신장을 만들어 넣으면 되고, 심장마비 일어나면 새로운 심장으로 만들어 달면 되니까 불로장생의 시대가 온 것이 아닐까 생각되기도 하였다. 그런데 세계의 수많은 박사들이 필사적으로 연구하고 있지만 아직 희망적인 얘기는 나오지 않고 있다.

병든 사람 심장 하나 만들어 넣기도 이렇게 어려운데 결혼만 하면 심장만이 아니라 100년을 쓸 수 있는 건강한 사람 하나가 자동으로 만들어져 나오니 생산 공장이라면 이만한 공장이 있을 수 없고 연구소라면 세상의 줄기세포의학연구소를 다 합쳐도 당할 수 없다. 최고의 공장에서 10년을 보증할 수 있는 좋은 자동차가 생산 되듯이 100년을 가는 최고 품질의 자식 하나 제대로 만들려면 생산 공장인 부모가 닦고 조이고 기름쳐 공장을 정비하여야 한다.

그런데 부모 될 신랑신부가 결혼의 기쁨에 술만 먹고 친구들과 밤새 춤추며 흥겹게 지내고 나면 귀한 자식 만들어낼 사람의 씨도 따라서 취하고 힘이 빠져 버린다. 유전이라는 것은 어려운 것이 아니다. 부모가 알코올 중독자이면 자식도 그렇고 부모가 병자이면 자식도 그대로 따라가게 된다.

닦고 조이고 기름치자. 결혼하기 전부터 몸을 깨끗이 하고 마음도 닦아보자. 절이나 교회가 아니라도 생활 가운데 좋은 자식 만들어 보겠다는 마음이 있으면 자동으로 몸과 마음이 준비가 된다.

자동차를 아무리 잘 닦고 관리해도 자동차의 마음인 운전수가 엉망이면 그 자동차의 앞날은 예측이 가능하다. 자동차는 약 3만여 개의 부품으로 이루어져 있는데 각 부품들은 여러 가지 방법으로 완벽하게 조립이 되어있다. 자동차의 진동에 볼트와 너트가 풀어지면 고장과 사고로 바로 연결된다.

사람도 척추와 뼈대에 여러 가지 장기들이 붙어있지만 시간이 가고 나이가 들어가면 위와 장이 아래로 처지고 근육이 탄력을 잃어 제자리에 붙어있지 못하고 늘어지거나 힘이 빠지기 시작하면서 육신이 병들기 시작한다. 건강할 때 항상 운동하고 즐거운 마음으로 일하면 신체의 근육이 힘을 얻어 모든 인체기관을 단단히 조여 주게 된다.

단단히 다져진 몸에 수시로 기름칠하여 관절과 근육이 녹슬지 않게 해야 한다. 현대인들에게 특히 부족한 영양소가 필수미네랄인데 현재의 농작물생산형태인 비닐하우스 재배와 농약의 사용으로 식물에 함유된 미네랄의 양이 현저히 줄어들어 있다. 육식 위주의 과잉 섭취한 영양분이 연소되는 과정에 미네랄이 절대적으로 필요한데 미네랄의 부족으로 영양분이 근육세포에 지방으로 쌓이고 세포에서 불완전 연소된 산화가스가 발생하여 피를 탁하게 하고 육신을 병들게 한다.

피와 기를 잘 돌게 하여 쌓인 지방을 분해시키고 독소를 풀어 배출을 용이하게 하려면 물을 많이 먹어야 한다. 사람의 피는 99%가 물이며 물을 먹으면 30초 내에 혈액에 흡수된다고 한다. 패스트푸드와 공해로 끈적이는 혈액은 물이 최고의 항산화제이다. 오염되고 막힌 하수도가 맑은 물이 계속 흐르면 나중에는 깨끗해지는 것과 같은 이치이다.

약 40년 전 학교를 다닐 적에 어머님이 가끔 귀한 계란으로 간장에 밥을 비벼주곤 하셨는데 그때 계란 하나로 밥을 비비면 밥 전체가 노랗게 비벼지면서 정말로 고소하고 맛이 있었다. 지금 계란으로 밥을 비벼보면 노른자는 흔적도 보이지 않는다. 그런 알로 병아리를 만드니 항생제와 성장촉진제를 사용하지 않는 양계는 생각해 볼 수도 없다.

현재 양계용 닭이나 사람이나 똑같은 사료 패스트푸드와 오염된 물, 공해 속에서 살고 있다. 사람이 만드는 아기씨도 계란과 별반 다름이 없다. 병원에서 태어나고 병원에 의지하여 성장해가니 태생적인 문제를 모두가 안고 있는 것이다. 자식의 백년대계는 공부도 중요하지만 부모 될 사람의 준비가 절대적으로 필요한 이유인 것이다.

통일의학

　현재 우리나라에서 공식적, 법적인 의료행위를 할 수 있는 사람은 의사와 한의사뿐이다. 대학에서 의학이나 한의학을 전공하고 병원에서 오랜 수련 기간을 지나 탄생하는 의사 자격증은 그러기에 존경과 사회적인 보장을 받는 귀한 것이다. 자동차가 고장이 나면 정비공장으로 차를 가지고 가면 된다. 차량 고장의 거의 대부분은 몇 시간 또는 하루, 이틀 안에 수리가 완료된다.

　사람이 아무런 일 없이 인생을 활기차게 살다가 어느 날 병이라는 문제를 만나면 마찬가지로 생각할 것 없이 모두 병원으로 달려간다. 처음에는 신뢰하는 의사 선생님의 말씀을 믿고 주사 맞고 약 먹고 음식 가려먹으며 치료에 임하게 되는데 쉽게 낫기도 하지만 재발이 많고 부작용도 생기고 어떤 때는 수술도 하게 된다.

　1962년 박정희 대통령 시절 우리의 전통의술인 침이나 쑥뜸 등 과학적으로 증명되지 못한 전통의술은 법적으로 이 땅에서 영원히 사라지고 서양에서 들여온 현대의학을 중심으로 사람의 모든 질환에 대응하게 되었다. 그리하여 작게는 조그마한 외상에서부터 심장을 이식하는 대수술에 이르기까지 그야말로 현대의학이 빛나는 공헌을 하게 되었다. 근래의 첨단의학의 발달과 경제 성장으로 돈이 없어서 치료 못 받는 사람이 드물게 되었다. 또 인체안의 내장기관들이 고장이 날 경우 다른 사람의 장기로 이식수술을 하여 사람을 살리는 단계에까지 왔으니 이제 더 이상 병으로 고통 받고 사망하는 일이 없어야 될 것 같은데 작금의 현실이 그 반대인 것 같아 의아스러울 뿐이다.

얼마 전 황 박사의 줄기세포연구는 전 세계인에게 잠시나마 크나큰 환상을 심어주었다. 특히 당뇨병이나 파킨슨병 등 현대의학으로 치료 불가능한 질병을 앓고 있는 사람들은 줄기세포를 통해 회복 불가능한 심장과 췌장 등 장기를 정비하여 새 생명을 얻을 수 있을 것 같은 기쁨에 빠졌었다.

얼마 전 현직 의사가 쓴 『나는 현대의학을 믿지 않는다』라는 책을 읽어 본 일이 있다. 여러 가지 상황과 방법을 동원하여 치료를 해도 병원에서 현대의학의 치료효과는 30%를 넘지 않는다는 그 의사의 지적에 새삼 놀라움을 금할 수 없었다.

자동차 정비공장에서 자동차 고장 정비효율이 30% 정도밖에 되지 않는다면 어떻게 될까. 많은 수의 자동차가 운행 중이지만 고장이나 다른 정비 이상으로 길가에 세워놓은 자동차는 보기 힘들다. 물론 정비공장에 가면 수리 중인 자동차는 있겠지만 대부분의 자동차는 폐차할 때까지 고장으로 정비공장에 세워두는 일은 많지 않다.

요즈음 울산 시내 중심가에 가 보면 새로운 흐름을 볼 수 있다. 중심가에 새로이 건축하는 빌딩에 여러 종류의 병의원이 연합하여 입주하는 것이다. 보통 2층에서부터 시작하는데 2층은 내과, 3층은 외과, 4

층은 안과, 이런 식으로 빌딩 전체가 종합병원 식인 곳이 많다. 가만히 서서 둘러보면 저렇게 많아도 운영이 될까 하는 생각이 먼저 들고 도대체 환자가 얼마나 많기에 수많은 종합병원과 동네병의원을 모두 채우고도 시내의 수많은 빌딩이 의료센터가 되어야 하는지 궁금하다.

한 가지 병을 가지고 의료 빌딩을 방문한 사람이 각층을 옮겨 다니며 진료하는 풍경도 있을 것이다. 눈이 나빠 병원에 온 사람이 내과도 방문할 일이 있을 것이고 자녀는 소아과로 엄마는 산부인과로 가는 일도 있을 것이다. 그때마다 피검사, 소변 검사 등 각종 검사도 다시 할 수도 있을 것이다. 몸뚱어리 하나를 가지고 이리저리 옮겨 다니며 하는 진료와 치료는 사람의 질환에 대해 무슨 효율이 있을까.

현재의 산부인과, 소아과, 내과 등으로 나누어진 진료체계는 일견 전문성을 가지고 있는 것처럼 보이기도 하지만 사람 몸은 오직 하나일 뿐이지 육신을 쪼개어 분리해서는 전체가 보이지 않는다. 사람 몸 안의 5장 6부는 전부 하나로 연결되어 있고 서로서로 긴밀한 연관을 맺고 있어서 어느 한쪽에 문제가 발생하면 자연적으로 연관된 여러 분야가 고장이 난다. 먹고 마시고 숨 쉬는 행위는 사람의 입과 위장만을 위한 것이 아니다. 60조 개에 이르는 사람 몸의 세포 모두는 섭취한 음식물에 의하여 생존 번식하는 것이다. 그렇기 때문에 미시적으로 분해하는 현대의학은 현재의 생활습관성 질환 또는 순환기성 질환 등의 원인을 미처 찾지 못하는 한계에 부딪치게 된 것이다.

많은 병원건물들 옆으로 가뭄에 콩 나듯이 한의원도 보인다. 한의사도 물론 전문적인 분야가 있을 수 있다. 산부인과를 전문으로 하는 한의사도 있고 비뇨기과를 전문으로 하는 한의사도 있다. 그러나 대체로 한의원은 사람 몸 안의 질병을 5장 6부의 부조화로 인한 것으로 보기 때문에 항상 제대로 먹고 제대로 숨 쉬고 마음을 다스리는 섭생법이 중요하고, 육신의 병기가 지나친 것은 억제하고 부족한 기는 채워 보충시키는 보사치료법으로 병든 자의 육신과 마음을 다스렸다. 그러다 보니 미시적인 부분보다는 사람 전체의 균형을 보는 거시적인 의료체계로 병을 다스리게 되었다.

생활 속에 갑작스레 찾아오는 여러 질병들은 사람들을 난처하게 한다. 주위에 많은 병원이 있고 또 한의원도 있기 때문에 선택의 폭이 넓을 것 같지만 병원에서 치료가 부족하면 한의원으로, 한의원에서 다시 병원으로 몇 번 다니다 보며 병은 낫지 않고 공통된 하나의 결론만 얻게 된다. 그것은 두 종류의 치료체계가 서로 상극이며 서로 불신의 골이 깊다는 것이다. 한약을 다려먹으면 간이 상하고 침을 잘못 맞으면 마비가 올 수 있으니 주의하라고 하고 한쪽에서는 주사와 약의 부작용을 설명하기 바쁘다.

병원에서 치료가 되지 않는 질병들을 들여다보면 대부분 순환기성 질환 또는 생활습관성 질환임을 알 수 있다. 완치되지 않는 이유야 여러 가지겠지만 결론은 병의 원인을 정확히 파악하지 못했다는 것이다. 병의 원인을 모르기 때문에 정확히 병의 과정과 병소를 모르고 있다. 특히 증후군이라 이름 붙여진 모든 질환은 그야말로 아무것도 모르는 것이다. 터널증후군이라는 병이 있다. 터널 속에만 들어가면 가슴이 터질 것 같고 현기증이 나는데 원인도 모를뿐더러 어디가 좋지 않아서 이와 같은 병적 현상이 나오는지 전혀 모른다.

당뇨병은 국민적 역병으로까지 창궐하여 당뇨 대란이 벌어지고 있는데 당뇨병 역시 병의 원인과 병소를 정확히 모른다. 당뇨라는 말에 그대로 나타난 병적 현상을 병명으로 붙여놓았다. 발가락 끝이 조금만 아파도 원인과 병처가 분명히 있는데 심장이 터질 것 같고 당뇨합병증으로 다리를 절단해야 하는 경우와 같은 무서운 결과가 기다리고 있는데 어찌 병의 원인과 병처가 정확히 없겠는가.

몇 년 전 단감농사를 하는 지인을 만났더니 그 집의 중학생 딸이 여드름으로 예쁜 얼굴이 엉망이 되었다. 왜 그렇게 놔뒀냐고 물으니 여러 가지 약을 사용해 보았으나 효과가 없었단다. 그래서 내가 얼굴에 있는 피부병이 피부 트러블이 아니고 피로 인한 병이니 식초를 먹으라고 일러주었다. 약 두 달이 지났을까. 다시 만난 그 딸은 얼굴이 아주 맑아져 있었고 여드름 등 피부병이 거의 사라져 있었다.

얼굴에 생기는 여러 가지 피부 트러블을 단지 피부병이라고 단정을 해버린다면 그 병의 원인 90%는 보지 못하게 된다. 마찬가지로 무릎 관절에 생기는 관절염을 다만 무릎의 병이라고 무릎만 살펴보면 10%만 답을 얻게 된다. 무좀이든 관절염이든 피부병이든 모든 원인은 인체의 5장 6부에 있다. 육신을 이루고 있는 모든 세포는 입으로 들어오는 영양소와 코로 들어오는 산소에 의해 생명을 유지해간다. 외상이든 기생충 문제 등 외적인 것이 원인이 되어 병이 되는 경우는 지금 치료가 되지 않는 경우는 거의 없다. 그러나 현재의 난치성질환 등은 원인을 정확히 모르기 때문에 대책을 세울 수가 없는 경우가 많은데 그것은 입으로 들어오는 모든 음식물이 첫째 원인이요, 두 번째는 음식물을 소화 흡수시키는 과정상의 문제가 원인이 된다는 것이다.

자동차에 불량휘발유를 쓰게 되면 엔진불럭만 마모되는 것이 아니다. 하나하나 고장 나고 나중에는 중요한 부품도 못쓰게 되고 만다. 잘못된 음식이나 술, 담배 등은 위장만 상하게 하는 것이 아니다. 그것이 피 속에 흡수되어 온 몸을 돌면서 중요 장기를 망가뜨리고 마지막에는 피를 오염시켜 만 가지 병을 만들고 만다.

사람의 5장 6부는 서로 유기적인 관계를 이루어 공생 공존하는 관계를 이루고 있는데 신장, 방광과 같이 서로가 상생하고 한쪽의 원인이 다른 쪽의 결과로 나타나곤 하는 장과 부의 관계를 이루고 있다.

6부 중 삼초는 상초, 중초, 하초로 나누어진다. 상초는 허파와 심장을 중심으로 순환기성 작용을 담당하고, 중초는 간과 위를 중심으로 소화흡수를 담당한다. 하초는 장과 방광을 비롯하여 배설을 담당, 온몸의 5장 6부를 관장하여 생명을 유지하도록 하고 있다. 그런데 우리는 평소 5장 6부라 하지 6장 6부라는 말은 잘 쓰지 않는데 삼초와 짝을 이루는 심포心包라는 장기가 사실은 가장 중요한 장기이다. 동양의학에서만 존재하는 무형의 장기라 심포의 역할을 잘 모르고 있다. 심포는 말 그대로 마음보자기인데 한자 풀이대로 심장을 싸고 있는 보자기이다.

인체의 모든 장기 중에 사람의 마음에 따라 즉각 반응이 나타나는 것이 심장이다. 놀라운 일을 봤을 때 심장이 얼어붙는 것 같았다 라든가, 화가 머리끝까지 치솟으면 가슴이 벌렁벌렁한다. 젊은 사람들이 서로 사랑할 때는 마찬가지로 가슴이 두근거리기도 한다. 심장은 사람의 희로애락에 따라 민감한 반응을 하는데 심장을 싸고 있는 심포의 작용인 것이다.

이 심포는 그의 상대 장기인 삼초를 움직이게 되는데 화를 잘 내게 되면 주로 상초를 상하게 하고, 많이 먹으려고 하는 욕심은 주로 중초를 상하게 한다. 삼초의 작용은 매우 복잡하여 마치 사람의 마음을 우리가 완전히 읽을 수 없듯이 심포의 작용은 예측불가다. 사람의 삼초를 주관하여 인체의 전 장기를 마음에 따라 좋게 하기도 하고 나쁘게 하기도 한다. '건강한 육신은 건강한 마음에서'라는 말과 같이 심포의 작용이 삼초를 주관하고 반대로 5장 6부 삼초의 작용이 또한 심포에 영향을 주기도 한다. 그러므로 마음으로 병을 다스릴 수도 있고 반대로 육신의 병이 마음을 병들게 하기도 한다.

성질 나쁜 사람이 병이 들거나 불행한 일을 당하면 다들 "심보를 잘 써라" 하고 한마디씩 한다. 그것은 심보라는 마음보자기가 사람을 병들게 하고 병든 사람은 당연히 불행해지는 것이기 때문에 그와 같은 말이 생기게 되었다.

흔히 우리가 알고 있는 자율신경계라는 것이 있다. 심장과 같이 사람의 의지가 필요 없이 자율신경에 의해 움직이는 것으로 알고 있으나 자율신경계 역시 6장 6부의 작용을 벗어날 수 없다. 심포의 작용을 삼초가 받아서 그것을 두뇌에 전달하면 그 신호를 두뇌가 분석하여 자율적으로 모든 인체장기를 움직이게 하는 것이다.

그러므로 현시대의 난치성 질환은 6장과 6부의 작용을 제대로 이해하지 못하면 당연히 병의 원인을 찾지 못할 뿐만 아니라 치료는 불가능하게 마련이다.

현대의학은 눈에 보이지 않는 것은 존재하지 않는다고 여겨 인정하지 않는다. 그러나 사람의 육신에 사람의 마음이 있다는 것은 누구나 알고 있다. 그것을 보이지 않는다고 실체를 인정하지 않기 때문에 완전한 치료가 되지 않는 것이다.

옛날 우리 조상들은 새로운 집으로 이사 가면 액운을 쫓는다고 쑥을 걸어놓는다. 쑥이 어떻게 액운을 쫓아내고 사기를 없게 하는지는 모르겠으나 쑥뜸을 떠보면 병이 낫고 힘만 나는 것이 아니라 사람의 마음이 안정된다. 암환자의 심한 통증도 약으로 다스리기보다 쑥뜸으로 다스리면 통증이 매우 부드러워진다. 또한 마음이 안정되면 생각이 바르게 된다. 흔히 쑥뜸이나 수기요법 같은 대체의술을 과학적으로 증명되지 않은 무지한 것으로 일축하는데 그것은 역사가 증거하고 있다. 수백 년을 지내오면서 부작용 없이 사람의 상태가 좋아졌다는 것이 바로 과학적인 증명인 셈이다.

얼마 전 미국식품의약국에서 당뇨치료제인 아반디아가 심장발작과 고혈압을 유발시킨다고 주의 약품으로 지정할 것을 요구하였다. 그동안 병원의 지시에 따라 아반디아를 복용해온 당뇨병환자들은 놀라움을 금할 수 없었을 것이다. 처방에 따라 아반디아 먹고 심장발작으로 사망한 사람들은 누가 책임을 질 것인가. 현대의학은 위대한 발전을 이루어 인류의 건강에 지대한 공헌을 하였다. 그러나 아직 완전한 경지에까지는 오르지 못하였다는 것을 우리는 알고 있다. 복잡다양하게 발생하는 현대인의 질병은 그래서 현대의학과 동양의학 그리고 대체의학까지 아우르는 전체적인 전 방위적인 치료가 필요한 것이다. 그것을 일러 통일의학이라고 하는 것이다.

운명이라고 하는 무서운 길

젊은 나이에 공장을 경영하여 어느 정도 사회적인 기반을 이루어 살고 있는 사람과 언젠가 운명에 관한 얘기를 나눌 기회가 있었다. 타고나는 운명에 관하여 나의 얘기를 듣던 그 사람의 대답이 걸작이었다. "그러면 부자가 될 운명을 타고나는 사람은 감나무 밑에 입만 벌리고 누워있으면 감이 입안으로 들어옵니까?" 그러더니 사람은 노력 끝에 성공이 있고 성공한 사람이 잘살게 된다는 누구나 공감이 가는 생각을 피력한다.

이야기만을 들어봐서는 그 말이 백번 지당한 생각이다. 주어진 운명 그대로 인생을 살아간다고 하는 내 말이 틀린 것 같지만 다른 쪽으로 생각도 해볼 수 있다.

몇 년 전 개인적인 일로 세계 각국에서 온 사람들과 약 한 달간 숙식을 같이하며 교육을 받을 기회가 있었다. 약 20여 개국에서 백여 명이 왔는데 숙식을 하면서 지내보니 전혀 새로운 사실을 알 수 있게 되었다. 그중에서 특히 강렬한 인상으로 남는 것이 흑인과 백인의 차이였다.

어느 날 저녁식사를 일찍 하고 교육실에 개인 사물을 가지러 약간 어두침침한 실내를 들어가 내 자리에서 치약과 칫솔을 찾으려고 하는데 어느 순간 깜짝 놀라고 말았다.

내 눈앞에 눈알 두 개가 반짝반짝 하고 지켜보고 있는 것이 아닌가. 매우 놀랐으나 잠시 진정하고 자세히 살펴보니 아프리카에서 온 친구가 그곳에 앉아 있었다. 왜 식사하지 않고 여기 있느냐고 물으니 조금 아파서 그냥 쉬고 있다고 한다.

칫솔을 들고 나오면서 은근히 부아가 치밀었다. 어두운 실내에 사람이 들어오면 그 안에 사람이 있다는 표시를 해야지 가만히 앉아 있으니 조금 어둑해지는 시간대에 더욱이 흑인이었기 때문에 분간이 가질 않아서 들어오는 사람이 놀랄 수 있지 않느냐 말이다.

며칠 후 비가 추적추적 내리는 오후 교육시간이 시작되려고 하는데 호주에서 온 젊은 백인 친구가 신발도 신지 않은 채 비를 흠뻑 맞고는 교실로 뛰어 들어온다. 점심시간에 매점에서 간식을 사먹고 놀다가 오는 비를 다 맞으며 교육실까지 온 것이었다.

머리와 옷이 비로 젖어 있고 맨발로 뛰어들어 왔는지 발이 깨끗지 못하였다. 그런데도 조금도 개의치 않고 자기 자리에 앉더니 수건으로 대충 머리를 털고 다리를 닦는다. 그러다가 쉬는 시간이 되면 옆자리에 앉아 있는 아프리카에서 온 친구에게 장난을 건다. 주먹을 휘두르는 모양을 하기도 하고 서로 뒤엉켜 목을 조르기도 한다.

물론 같은 목적을 가진 좋은 사람들이니까 재미있는 장난으로 그렇게 하고 있지만 자세히 지켜보면 변하지 않는 규칙 하나는 있다. 그것은 항상 백인은 능동적이요, 흑인은 수동적이라는 말이다. 그 말은 주먹을 휘두르는 것과 목을 조르고 하는 장난기 어린 동작을 하는 사람은 항상 백인이요, 방어적인 자세만을 취하는 것은 항상 흑인이라는 사실이다.

정말 그것이 백인은 능동적인 사람이 많고 흑인은 수동적인 사람이 많아서 그런 것일까. 비 맞아 물에 빠진 생쥐 같은 상태로 실내에 들어왔지만 수건으로 한번 털어버리니 깨끗해 보이는 사람, 흑인 친구에게 항상 마음대로 장난을 할 수 있는 사람, 그러면서도 여러 사람에게 제대로 대우를 항상 받고 있는 사람.

흑인과 백인의 차이를 여자에게 확대해 보면 정말 하늘과 땅의 차이가 난다. 그 사람 속에 들어있는 인품과 지혜, 지능을 전혀 상관치 않고 외모만 보아서는 한쪽은 너무 아름다운 사람이고 다른 쪽은 그 반대인 경우가 많다.

흑인과 백인의 젊은 여자들을 지켜보면서 내가 흑인 여자였다면 나의 소원이 무엇이었을까 하는 생각을 해보게 된다. 돈이었을까 학벌이었을까.

돈을 내 힘으로 얼마든지 벌 수 있고 학력도 내 힘으로 최고의 학위를 받을 수 있는 사람이라고 하여도 흑인은 흑인이요, 백인은 백인일 뿐이다. 그것은 내 힘으로 바꿀 수 없는 절대적인 것이다.

그렇게 흑인으로 또는 백인으로 태어났으면 그것으로 영원히 바꿀 수 없는 그 상태로 일생을 흑인은 흑인의 길 백인은 백인의 길을 가는 그것을 우리는 말하여 운명의 길이라고 하는 것이다.

소가 새끼를 낳으면 송아지를 낳게 되고 돼지가 새끼를 낳으면 돼지새끼를 낳게 된다. 물론 흑인이든 백인이든 만든 사람은 그의 부모이다. 나의 의지와 생각이 단 1%도 들어가지 않고 그야말로 100% 일방적으로 흑인이든 백인이든 황인종이든 만들어졌을 뿐이다.

간혹 신문지상에 세계적인 운동선수들의 수입내역을 보게 되면 벌린 입을 다물지 못한다. 일반인들은 평생을 살아도 절대 불가능할 액수를 단 한번 게임 출전으로 벌어들이는 것을 보게 되면 상대적 빈곤감을 떠나 허탈감마저 느낀다. 세계적인 운동선수를 자녀로 두고 있는 부모님들의 자녀교육과정을 듣고 있노라면 혹시 내 자식도 어릴 때부터 저렇게 체계적으로 교육하여 세계 최고의 운동선수가 되어 부귀영화를 누려 볼 수 있지 않을까 하는 막연한 생각을 가져보기도 한다.

물질에 대한 탐욕을 죄악으로 생각하여 무소유를 실행하는 스님이나 또는 희생과 봉사로 인생을 살아가는 많은 수의 사람들은 명예나 재산에 대한 집착이 없다. 우리 주위에는 이렇게 아름답게 살아가는 사람도 적지 않다. 그러나 이와는 반대로 돈과 명예를 위해서 수단 방법을 가리지 않는 사람도 많이 있음을 알고 있다.

자본주의 경제체제 하에서 돈은 곧 목적이요, 선이요, 꿈을 이룰 수 있는 최고의 수단이다. 그래서 치열한 경제 전투를 치르는 것이 현대인의 인생살이가 되어 버렸다. 그 중에 재물에 대한 욕심이 없는 것은 아니나 내 능력 밖의 일이라고 생각하는 일단의 부류도 있다. 본인의 재능과 운명을 알기에 한 줌 쥐고 있는 작은 것에 마음을 두고 살아가는 사람이다.

무엇이 사람의 마음에 끝없는 욕망을 일으키며 무엇이 물질의 유혹을 초월하여 살아가는 성인의 길로 인도하는가.

어떻게 자식을 교육했기에 빌게이츠 같은 세계최고의 두뇌를 만들

수 있었을까. 사회적으로 성공한 사람들과 반대되는 쪽을 한 번 살펴보면, 우리는 미루어 그 원인을 짐작해 볼 수 있다.

비행청소년에 대한 신문지상의 기사가 날 때마다 빠지지 않는 것이 결손가정의 자녀라는 사실이다. 대부분 불우한 환경이었다거나 부모가 이혼한 가정이라든가 부모 중 한쪽이 없는 결손가정에서 자라는 청소년이 비행을 저지를 수 있는 확률이 많은 것은 당연한 것이다. 바꾸어 말하면 부모의 잘못으로 자녀가 비행청소년이 된다는 것이다. 한번 비행청소년이 되면 대부분 그 소년은 범죄와 죄악으로 생애를 살아가기가 쉽다.

간혹 돈을 잃어버리거나 사고로 부상을 입게 되면 대부분의 사람들은 재수 없는 일이 나에게 일어났구나 하고 생각하게 된다. 길을 가다 잘못하여 오물이라도 밟게 되면 오늘 하루 재수 없네 하고 생각하면서 침이라도 뱉고 싶어진다.

간혹 TV에서 심장병어린이나 말기 암으로 고통 속에 있는 가난한 사람들의 안타까운 사연을 소개하는 프로그램을 보게 된다. 그런 일을 당하고 있는 본인들이야 말할 것도 없지만 TV를 지켜보는 우리들의 눈시울도 뜨거워질 때가 많다.

사람이 그와 같이 엄청난 불행을 당하게 되면 대부분 다음과 같이 말하는 것을 들을 수 있다. "내가 전생에 무슨 죄를 지었기에 이와 같은 고통을 당하는지 모르겠다."는 이야기이다. 어린 자식이 큰 고통 중에 있으면 내가 무슨 죄를 지어서 내 자식이 이렇게 큰 벌을 받는가 하는 하소연도 들을 수 있다. 왜 내가 전생에 지은 죄가 있어서 이런 고통을 당한다고 생각을 키우게 되었을까.

물론 사람은 일반적으로 무의식적으로 그렇게 말하는 것이지 깊은 뜻이 있는 것은 아니라고 말할 수도 있다. 그러나 백인이 되었건 흑인이 되었건 세계 최고의 운동선수가 되었건 그것은 100% 타고난다는 것을 알고 있다. 본인의 형제는 4형제인데 그중의 장남인 나는 알코올중독자였을 정도로 술에 취해 살았다. 그러나 동생 3명은 술을 마시지 못한다. 술 한 잔만 먹으면 머리가 아프다고 하여 아예 술은 입에 대지 않았다. 그러나 나는 술만 먹으면 기분이 좋고 또 자꾸 먹고 싶어지는 것이었다. 건강이 부실해지고 경제적으로도 어려워지고 가정의 회목이 깨어져 부부 싸움이 벌어져도 술을 끊을 수가 없었다.

본인과 같이 알코올중독증을 가진 사람도 있지만 아는 사람 중에는 도박을 좋아하는 사람도 있다. 그 친구는 방안에 누워있으면 천정이 화투판으로 보인다는 것이다. 나는 그 친구를 이해할 수 없다고 하고 그 친구는 나를 이해할 수 없다고 서로 손가락질을 했다. 도박을 좋아하는 사람이나 어떤 투기성사업에 올인하는 사람의 마음을 나는 이해할 수가 없다.

반대로 그 친구는 밤이나 낮이나 술에 절어 사는 나를 보고 항상 충고를 잊지 않았다. 앞으로 어떻게 되려고 그러느냐고, 가정을 생각해서 술을 끊고 건강하게 살라고 충고를 아끼지 않는다.

왜 사람의 생각이 이렇게 다르고 그 생각의 근원은 무엇일까. 사람의 마음은 어디서 오는 것일까. 한국 속담에 "세 살 버릇 여든 간다"고 하는 말이 있다. 세 살 때 하던 버릇이라는 것이 세 살 어린이의 마음의 발로 현상일 것이다. 그것이 여든 즉 죽을 때까지 간다고 하는 것은 사람의 처음 마음이 죽을 때까지 변하지 않고 간다는 것을 의미한다.

세 살짜리 아이의 마음은 분명히 부모에게서 받아 나온 유전적일 것이다. 세 살 어린이가 자기가 만들고 가다듬은 마음은 분명히 아닐 것이다. 즉 마음도 생각도 모든 것은 부모로부터 또는 조상으로부터 유전적으로 타고 내려온다는 것을 알 수 있다. 사람의 세포 60조 개는 그동안 살아온 모든 조상들의 기록이라지 않은가.

한 사람의 인생의 기록이 세포 속에 각인되어 후대로 내려가는 것이다. 그렇다면 우리가 무심결에 말하는 내가 무슨 죄를 지었기에 이런 불행을 당할까 하는 심장병어린이 부모의 말 속에는 정말 부모나 또는 선조의 어떤 행동의 원인이 씨가 되어 세포를 이루어 후손의 생로병사 길흉화복에 영향을 미친다고 생각해 볼 수도 있지 않을까.

똑같은 체력을 타고났다 할지라도 세계 최고의 운동선수가 되는 사람은 무서운 집념으로 연습에 열중하고 시대와 환경이 맞아야 영광을 누릴 수 있다. 간혹 우리나라에 꼬마 천재가 나타났다하는 신문기사를 본 적이 있는데 그 어린이들이 성장하여 박사가 되고 위대한 인물이 되었다 하는 이야기는 잘 들어 보지 못했다.

외적인 환경, 체력이나 두뇌를 잘 타고나도 열심히 노력하여 성공해 보겠다고 하는 마음도 있어야 한다. 그러므로 사람이 타고나는 인종, 외형, 두뇌, 생각 등 모든 것이 그 사람의 운명을 만들어 평생을 살아가게 하는 것을 알게 된다. 알코올이나 마약중독에 빠져 헤어 나오지 못하는 사람 또는 잘못된 생각을 하여 죄를 지어 감옥에 가는 사람들을 지켜보노라면 안타깝기가 그지없다.

왜 행동을 바꾸지 못할까, 왜 생각을 바꾸지 못하는 것일까? 왜 세살 버릇 여든까지 가도록 했을까? 그렇게 바꾸기 힘든 일이라면 만들

때 제대로 만들어 보면 어떨까. 얼굴이 검은 사람들은 얼굴도 희게 만들어보고 운동선수처럼 건강하게도 만들 수 있지 않을까? 머리도 좋게 하여 보고 그 마음에 예수님 부처님의 큰마음도 넣어보면 어떨까.

결혼식을 올린 신혼부부들 중에 친구들과 어울려 술로 며칠을 세우는 사람도 보았다. 사람 몸속에 들어간 알코올 성분은 피를 타고 온몸을 적시게 된다. 신부와 더불어 첫날밤을 맞아야 하는 신랑이 술로 정신이 없으면 그 신랑의 정자도 마찬가지로 정신없는 지경일 것이다. 그런 신랑의 정자와 기다리느라 화난 신부의 난자가 만나면 이상적인 자식이 아니라 술에 취한 자식을 만들 수 있다. 요즘 젊은이들의 정자를 채취해보면 여러 가지 외적인 영향으로 인하여 정자의 수가 월등히 적고 힘이 없다고 한다. 더하여 술과 담배에 빠져 있다면 앞으로 나올 자식은 어떤 인물이 될 것인가 미루어 알 수 있지 않을까. 우리들은 이미 만들어졌고 만들어진 대로 흑인이든 백인이든 부자든 가난하든 높은 사람이든 낮은 사람이든 피할 수 없는 나의 길이 있다. 그러나 나의 후손은 나와 같은 사람보다 나은 사람으로 만들어 볼 수도 있지 않을까.

술과 담배와 같이 나쁜 것은 멀리하고 육신을 단련하여 건강하게 만들고 효자 충신을 본받아 이웃과 나라를 위하여 살고 후손에게 복되고 영광된 운명을 만들어 줄 수도 있을 것이다. 자식에게 돈을 물려주면 오히려 자식을 망친다고 한다. 건강하고 생각이 올바른 자식은 부모가 걱정하지 않아도 잘 되게 되어 있다.

후손에게 좋은 운명을 물려주고 복되게 살아가게 하는 것이 나의 손에 나의 마음에 달려있다 하는 것을 깨달아 무서운 운명의 길을 타파하고 천복을 물려줄 수 있도록 나 자신을 바꾸어보자.

암癌

　삼성그룹 이건희 회장이 폐암치료를 하여 유명해진 미국 암센터가 있다. 바로 MD앤더슨 병원인데, 그 병원의 암 의학 종신교수 김의신 박사가 10월 내한하여 조선일보에 암 치료에 관한 여러 가지 얘기를 해주었다. 나도 암 환자를 가족으로 두고 있는지라 세계 최고 기술의 암 의학 박사의 얘기를 주의 깊게 읽고 생각해 보았으나 "암처럼 복잡한 병이 없으며 약물로 암을 정복하기란 요원하다."라는 김 박사의 글을 보고는 실망을 감출 수가 없었다.

　얼마 전 야구선수 최동원이 대장암으로 운명을 달리 하는 것을 보고 그와 같이 건강한 사람도 암으로 몇 년 살지 못하는구나 하는 두려움을 가지고 있었는데, 세계최고의 암 의학자가 아직까지 발암 원인조차 제대로 파악하지 못하고 있다고 하는 현대의학의 실상을 얘기하니 지금 급속도로 번지고 있는 수많은 암 환자들의 마음의 갈등이 많았으리라고 생각된다.

　그런데 현대의학을 하는 김 박사가 생명이 얼마 남지 않았다고 판단한 환자 중에서 마음을 완전히 비우고 모든 것을 내려놓아 결국 암을 이기고 생존하게 된 사람들도 있다. 현재의 과학이나 의학으로는 눈에 보이지 않고 만져지지 않아 실체가 없는 것으로 알고 있는 마음에 관해서 얘기를 시작한 것은 앞으로의 암 치료에 결정적인 답이 될 수 있다고 생각된다.

사람의 병은 암이나 심장질환 등과 같이 현대의학으로 난치성이라 불리는 병뿐만 아니라 무려 5,000여 가지에 이른다.

그중에 확실한 치료효과를 내고 현대의학이 완전히 승리한 부분도 많지만 사실은 불치병, 난치병 등 해결하지 못한 문제가 더 많다는 것을 알 수 있다. 고혈압이든 당뇨든 한번 병이 발병하면 죽을 때까지 약을 먹어야 한다는 것을 어떻게 치료라 할 수 있겠는가.

그러나 반대로 기생충 질환이라든가 영양실조 등 확실히 원인을 알고 있어 단한번의 투약으로 간단히 끝나는 경우도 볼 수 있다.

교통사고나 외상 등으로 뼈가 부러지고 살이 찢기는 등의 증상을 입은 경우도 병원에서 수술과 약물 등으로 치료하면 얼마 후에 건강한 사람이 되어 퇴원하는 것을 볼 수 있다. 그러니 사고가 되었건 기생충이 되었건 원인이 분명한 것은 현대의학으로 커버되지 않는 부분이 없다. 그러나 김 박사의 말대로 정상 세포가 암 세포로 바뀌는 채널을 현대의학이 아직까지도 모르고 있다고 하는 것은 지금까지 암을 치료한 것이 아니라 암과 더불어 사람의 몸도 치료의 대상이 되어 항암제나 방사선 수술 등으로 육신도 병들게 되었고 결국 몇 년 살지 못하는 이유가 되기도 하였다.

6·25 전쟁 중에 마을에 숨어들어 있는 적군을 일일이 색출해 내지 못해 대포로 마을 전체를 불바다로 만들어 버린 일이 있듯이 방사

선이나 수술은 인체 장기에 숨어있는 암을 박멸하기 위해 사람 몸에 대포를 쏘아버리는 것과 같은 이치이다.

과학적인 연구로 발암유전자를 밝히지 못하고 있는 현대의학이 마음을 비우는 사람이 암을 이기고 오래 살게 되더라 하는 얘기를 한다는 것은 바로 암의 원인이 복잡한 유전자의 작용에 기인하는 것이 아니라 마음에 있다는 것을 얘기하는 것이기도 하다.

단순한 얘기이지만 세상에 원인 없는 결과는 없다. 암의 원인은 무엇일까? 더 나아가 치매의 원인은 무엇일까? 심장질환의 원인은 무엇일까? 현미경을 가지고 원인균을 발견하면서 항생제를 만들어 전염성 질환이나, 퇴행선 질환 등 여러 가지 인류의 난제를 극복한 의학이 원인균을 찾지 못하는 치매나 심장질환 같은 복병을 만나자 방향을 상실하고 말았다.

"먹는 그것이 곧 나다." 하는 외국의 속담과 같이 먹고 배설하는 생리적인 행위 속에 생명이 존재하는데 원인균을 밝히지 못하는 여러 가지 질환은 모두 먹고 배설하는 생명대사 활동의 이상이 문제를 만들게 된다고 볼 수 있다.

김 박사는 발암요소가 세포핵 안으로 들어가 세포핵에 유전자 변이를 일으켜 암세포로 만드는 발암요소와 발암요소가 세포막을 뚫고 들어가서 세포핵유전자 변이를 일으키는 채널을 찾는 것이 현재 과학자들의 연구 과제라고 얘기한다. 정상적인 세포가 암 세포로 바뀌는 것도 발암요소가 세포핵 DNA를 암으로 만드는 것이 아니라 세포자체의 생리작용의 결과이다.

인체의 세포는 약 60조 개인데 세포 하나하나는 독자적인 기능과 생명을 유지하고 있다. 사람이 먹는 음식물의 영양분과 코로 들어오는 산소는 결국 마지막에 세포로 들어가서 에너지로 바뀌어 사람의 생명은 유지된다. 자동차의 엔진이 휘발유와 산소가 실린더에 들어와 폭발을 일으켜 출력을 얻게 되듯이 세포 안에서는 음식물의 영양소와 산소가 연소하여 사람이 에너지를 얻게 된다. 산소의 이상이나 영양소의 이상은 세포 안에서 불완전 연소를 일으켜 의학적으로 말하면 활성산소라고 하는 매연을 만들게 된다. 그것은 근본적으로 세포핵을 변형시킬 뿐만 아니라 그 세포들이 모여 있는 장기를 망가뜨려 육신이 노화되고 병들게 된다.

60조 세포를 가진 근육덩어리인 육신을 유지하기 위해서 원료보급구인 입과 코는 위에 붙어있고 사용 후 부산물 배출구는 밑에 붙어있다. 그러나 2개의 배출구와 달리 얼굴에는 4개의 외부와 통하는 구멍이 있어 외부의 원인을 받아들이는데 2개뿐인 배출구와 달리 받아들이는 원인 구멍이 4개나 되는 것은 먹는 것이 그만큼 중요하다는 것을 의미한다.

밥 먹고 마음먹는 작용을 하는 입과 코는 그 전제조건으로 눈과 귀의 판단에 의지한다. 사람이 민족마다, 지방마다, 먹는 음식의 종류가 다르고 맛의 취향이 다른 것은 오직 눈과 귀의 작용결과이다. 세상의 나쁜 일도 좋게 보고 듣기 싫은 얘기도 잘 듣게 되면 코는 우주공간의 좋은 기운을 받아들여 호흡이 충만해지고 눈에 맛있게 보이고 냄새까지 좋아 코를 자극하게 되면 눈물과 콧물 그리고 침이 입안에서 범벅이 되어 맛의 즐거움을 느끼고 음식물은 완전 소화될 수 있는 조건이 갖추어져서 위장으로 향하게 된다.

어린이가 입 안에 침이 많은 것은 그만큼 건강하다는 얘기이고 입 안에 침이 마르고 코 안이 건조해진다는 것은 늙어간다는 것이다.

바쁜 생활 속에 있는 현대인은 화학조미료와 방부제가 들어간 패스트푸드를 먹고, 경쟁이나 욕심이 지나쳐 냉정한 마음으로 살아가니 먹는 음식이 소화되지 않고 에너지를 발생시키지 못해 육신도 차가워지게 된다. 그와 같은 환경 속에 영양소를 에너지로 만들어내지 못하는 세포가 생명을 잃고 식어버려 암세포가 되는 것이다.

연소되기 좋은 음식 즉 자연 그대로의 식재료를 먹으면서 따뜻한 마음으로 숨을 쉬며 살아가면 세포가 활성화되어 에너지가 충만해지기 때문에 암은 생기려야 생길 수가 없는 것이다.

가정에서 부부가 서로 위해 주고 아끼며 사랑하게 되면 제일 먼저 온몸에 열이 나게 된다. 마찬가지로 세상을 사랑하고 이웃을 사랑하게 되면 마음이 바쁘고 할 일이 많아져 온몸이 따뜻해진다.

김 박사는 암을 연구하는 과학자 중에는 종교를 가진 사람이 많다고 했는데 예수님께서도 믿음, 소망, 사랑 세 가지 중에 사랑이 제일이라고 이미 말씀해주시지 않았는가? 새삼 이 시대에 다시 한 번 깊이 되새겨야 될 진리의 말씀인 것이다.

씨 뿌리는 사람들

올여름 더위가 무서워서 7월 달에 에어컨을 할부로 들여놓았다. 6월 말 경에 인도, 파키스탄 등지의 온도가 50도 가까이 올라갔다는 뉴스를 보고 살인적인 더위가 오겠구나 하는 생각이 들어 건강이 걱정인 나는 다소 무리를 하여 구매를 하게 된 것이다. 그런데 8월 중순인 지금까지 한 번도 에어컨을 가동하지 않고 지내게 되었는데 그것은 올여름 내내 장맛비로 제대로 햇빛 한번 나지 않아서 시원하게 보낼 수 있게 되었기 때문이었다.

도회지에서 더위가 무서워 비만 오는 올 여름이 좋았지만 반면에 시골에서 농사짓는 사람들에게 잦은 비로 농작물을 망쳐놓지 않을까 해서 아마 비 오는 이 여름이 반가울 리가 없을 것이다.

요즈음은 농기계가 발달하여 농사짓는 일이 크게 어렵지 않을지 모르겠으나, 옛날 천수답이 있던 시절에는 농사를 지어놓고 가을에 수확할 때까지 온가족의 생명선인 농작물을 키우던 농부들의 마음은 하늘의 구름 한 점 한 점에 신경이 곤두서기도 하였을 것이다.

99번 농부의 손길이 가고 100번째 사람 입으로 들어간다는 쌀 한

톨도 봄에 씨를 뿌리고 가을에 수확할 때까지 농작물에 정성들이는 농부의 수고는 이루 헤아릴 수가 없다.

힘들게 농사지은 과실은 또 자식의 뒷바라지로도 쓰인다. 공부하는 어린 자식들을 위하여 필요하면 농부들은 생명과도 같은 밭뙈기도 팔아 아이들 학비를 보태어 좋은 대학 나와서 잘살기를 원한다.

논에서 밭에서 소를 몰고 온몸이 부서질 듯이 일하는 아버지와 장독 위에 정화수 떠놓고 천지신령님께 자식의 건강과 앞날을 기원하는 어머니의 기도는 우리 한국이 최단 시간에 세계 최빈곤 국가에서 선진국 입구까지 달려올 수 있었던 힘의 원천이기도 하다.

소를 몰고 논을 일구는 아버지의 손이나 하루 종일 밭에서 풀을 뽑고 돌을 골라내고 집에 들어와서는 가족을 위한 식사 준비와 집안 청소까지 해야 하는 어머니의 손은 그야말로 여름 가뭄에 논 갈라지듯이 얼마나 투박스러운지 모른다. 그 손을 가지고 아침 일찍 정화수 한 그릇을 신령님께 바치고 수백 번 아니 수천 번 손을 비비며 간구한 내용이 어찌 열매를 맺지 않을 수 있겠는가.

자식에 대한 무조건적인 사랑의 마음을 가지신 어머니가 천지신령님께 우리 자식 건강하고 복 받게 하여 주시옵소서 하는 내용을 수천 번 간구드릴 적에 그 말이 씨가 되어 자녀들이 부모의 기대에 부응하는 이 나라의 기둥들이 된 것이다. 봄에 논에, 밭에 씨를 뿌려 가을에 열매를 수확하듯이 우리는 매일 매순간 씨를 뿌리며 살아간다.

솜씨 좋은 아버지가 농기계를 갈고 다듬어 집안의 재물을 일구고 어머니의 간절한 마음이 표현된 간구의 기도가 씨가 되어 자식농사가 잘 이루어질 수 있는 것이다. 사람이 입으로 뿌리는 씨 말씨는 그 사람의 생각이 말로 표현되어 나오는 것이고 그 말을 계속함으로 행동으로 옮겨져 마침내 열매가 맺어질 수 있는 것이다.

성경을 읽어보면 하나님께서 천지창조를 말씀으로 하셨다는 기록이 있다. 지금까지 사람의 상식으로는 이해가 되지 않았기 때문에 상징적인 말씀이려니 하고 생각했지만 사람의 말 속에는 무형의 힘이 있다는 것을 요즘 과학을 연구하는 사람들의 입에서 가끔 들을 수 있다.

실제로 말 한마디 잘해서 천 냥 빚을 갚을 수도 있고 말 한마디 잘못하여 뺨 맞을 수도 있는 것이다.

이 세상에는 참으로 많은 씨가 있다. 수박씨, 호박씨 같은 과실을 만드는 씨도 있고 김 씨, 이 씨 같은 사람을 만드는 사람 씨도 있다. 그런데 유독 한국말에 솜씨와 말씨 같은 씨 같지 않은 씨가 있다는 것도 알게 된다.

여러 종류의 씨들은 항상 일정한 때에 일정한 장소에 뿌려지면 어느 정도 성장기간을 지나면 꽃이 피고 열매를 맺는다. 김영삼 전 대통령이 초등학교 시절부터 나는 커서 대통령이 될 거야 하고 뜻을 세우고 살아왔다고 들었는데, 어렸을 적 그 꿈을 잘 가꾸어 그의 말대로 정말 대통령이 되었다. 농부가 논에 씨를 뿌리고 그것을 가을에 수확할 때까지는 정말 많은 수고와 정성이 들어간다. 밭의 개간에서부터 씨 뿌리고 거름 주고 잡초 속아내고 농약을 치다 가도 장마나 가뭄이 닥쳐버리면 사람의 수고는 일순간에 물거품이 되고 만다. 그러나 농부는 굴하지 않고 다시 내년을 위하여 농사준비와 올해의 실패를 거울삼아 내년에는 자연재해도 극복해갈 수 있도록 수로를 다시 내고 차양도 준비한다.

사람이 말의 씨를 뿌리며 노력해가도 가정의 운세나 나라의 운세가 충족이 되지 않으면 좌절할 수가 있다. 그러나 말씨는 언제든지 어느 장소에서든지 다시 뿌릴 수 있다. 하다하다 안 되면 다음 대에 가서도 이루어진다. 장독대 위에 정화수 떠놓고 빌었던 엄마는 그의 엄마가 그랬고 그의 할머니도 그러셨기 때문에 후대에 열매를 맺을 수 있었던 것이다. 솜씨 좋은 사람이 칼을 도구삼아 수술하여 사람을 살릴 수도 있고 칼을 도구삼아 여러 가지 도구도 만들어서 생활의 질을 향상시킬 수도 있다.

그러나 똑같은 칼을 가지고 사람을 죽일 수도 있다. 말을 복되고 아름답게 하는 사람이 있고 하는 말마다 비관적으로 악의적으로 하는 사람이 있다. 현대그룹의 정주영 명예회장은 어렵고 힘든 일을 어렵다고 하는 사람, 불가능한 일을 불가능하다고 말하는 사람에게 항상 하는 말이 있다고 한다.

"당신 해 봤느냐?" 어렵고 힘들고 불가능하다는 것은 누구나 알고 있다. 그러나 해 보고 해 보고 나중에 그런 소리해도 늦지 않다는 것이다. 울산의 어촌 모래바닥 위에 단 시간에 세계 최고의 조선소를 건설한 정 명예회장의 '할 수 있다'는 그 말이 씨가 되고 수만 명 종업원을 독려하여 불가능하게 보였던 그 엄청난 일을 성공으로 이끌었던 정 명예회장의 솜씨가 열매를 맺었다.

사람은 누구나 매일 매 순간 말씨와 솜씨를 뿌리며 살아간다. 봄에 뿌린 씨가 가을에 열매를 맺는 것이 있고 사과와 같이 씨 뿌리고 오랜 시간이 흘러서 열매를 맺는 것도 있다. 큰 열매는 늦게 열리고 작은 열매는 일찍 수확할 수 있다는 차이가 있지만 씨는 뿌리는 대로 확실히 거두어들일 수 있다.

아침 일찍 일어나 나는 오늘 하루 어떤 씨를 어떻게 뿌려볼까 기도
하면서 하루를 시작하면 다가오는 미래는 수확의 기쁨으로 충만하게
된다.

장심掌心

　요즈음 TV 연속극을 보고 있으면 대부분의 내용이 부모가 반대하는 결혼을 자식들이 고집을 부려 부모의 뜻을 거스르고 자기들 마음대로 하는 것을 많이 볼 수 있다. 며칠 전에도 연속극 중에 자식의 결혼을 반대하는 아버지가 화를 못 참아 쓰러져 중풍이라는 큰 병을 얻어 병원에 입원하는 것을 보았다.

　연속극의 내용이 가상의 얘기기는 하지만 일반 사회상을 반영하는 내용이기 때문에 그와 같은 상황은 일반 가정에서도 비슷하게 일어나리라 생각된다.

　중풍이나 심장마비 등으로 쓰러지는 부모의 모습이 TV에서처럼 자녀의 결혼이나 사업의 실패 등에 충격을 받으면서 일어나는 것을 볼 수 있다. 그것은 말을 듣지 않는 자녀를 향한 분노 또는 사업을 실패하게 만든 타인을 향한 증오 등 남의 탓으로 생각할 수 있도록 항상 이야기가 전개되고 있다.

　과연 그럴까? 나는 아무 잘못된 것이 없고 내 몸에 문제가 전혀 없는데 다른 사람 때문에 그와 같은 큰 일이 일어났다고 우리 모두가 알고 있는 것은 아닐까.

연속극의 아버지처럼 자식에 대한 분노로 화가 치밀어서 갑작스레 없던 병이 나타났다고 생각할 수도 있겠지만 생명의 현상을 조금만 주의 깊게 관찰해보면 암이나 당뇨 등 생명을 위협하는 큰 병들은 단시간에 만들어지지 않는다.

이미 그전에 사람의 심장이나 두뇌에 병을 일으킬 충분한 원인이 축적되어 있었던 것이다. 그렇기 때문에 갑작스레 화가 폭발해서 그렇게 되었다기보다 그런 일이 없었다 하더라도 얼마가지 않아서 자연적으로 병은 생기게 되어 있었다. 연속극에서도 갑작스레 쓰러지는 심장마비나 중풍 같은 이야기를 심심찮게 볼 수 있지만 요사이 특히 뇌출혈 또는 심장 등과 같이 생명과 직결되는 무서운 병 등이 많이 발생하고 있다고 한다.

그것은 식생활의 급속한 서구화와 산업공해로 인해 몸속의 피가 산성화되면서 탁한 피 즉 어혈을 만들어 심장의 대동맥을 막거나 뇌혈관을 막아서 사람을 쓰러지게 만든다.

사람의 병은 수천 가지가 넘게 많이 있지만 우리가 특히 심장병이나 뇌질환 같은 병을 무서워하는 것은 다른 질환과 달리 생명과 직결되기 때문이다.

심장이 가동을 멈추면 생명은 한순간도 사람의 몸에 머물지 않는다. 그래서 보이지는 않지만 생명은 아마 심장 속에 있지 않을까? 心腸이라고 하는 한자어와 같이 심장은 마음의 기관이라고 한다. 심장이 사람의 마음 변화에 따라 움직임을 같이 하기 때문이다. 무서운 것을 보거나 즐거운 일이 있을 때 화가 날 때 등 여러 가지로 나오는 감정의 상태에 심장은 즉시 반응을 하여 두근거리기도 하고 벌떡 벌떡 뛰기도 한다.

그래서 너무나 큰 충격을 받으면 순간적으로 심장이 멈춰버리기도 하는데 우리는 그것을 일러 심장마비라고 하지 않는가. 생명이 심장에 있고 심장이 마음의 장기라고 하면 생명은 즉 마음에 있다고 해도 과언이 아닐 것이다. 그처럼 사람이 먹는 마음 상태에 따라 몸의 컨디션이 달라지고 오랜 세월 스트레스 등으로 지속적으로 마음의 병을 만들어 가면 건강이 무너지는 것은 당연한 일이다.

마음가짐을 바르게 하고 건강을 세우기 위해 노력하지 않는 사람이 없겠지만 스트레스를 받지 않고 살아가기 힘든 것이 현실이다. 그래서 조그마한 마음의 변화도 자제하기가 힘들어지고 슬픔이나 분노 등 감정의 변화가 얼굴에 바로 나타나고 입으로 마음의 상태를 표시하게 된다.

욕을 하기도 하고 울기도 하고, 저주하기도 하면서 눈에서는 노여움의 눈빛이, 코에서는 감정의 콧물이 나오면서 얼굴 전체가 일그러진다. 그래서 사람은 나이 40을 넘으면 자기 얼굴에 책임을 져야 한다고 하는 말이 생겼다. 나오는 마음의 상태를 하나도 자제하지 않고 마음대로 발산하면 불혹인 마흔쯤 이르면 그 얼굴이 그 사람의 심성의 상태를 그대로 닮기 때문에 그 사람의 인격을 가늠하게 된다.

가슴속에 숨겨져 있는 그 사람의 인격을 행동으로 드러내 보이는 것이 손이다. 얼굴에 눈과 코와 입이 그 사람의 마음을 담아서 나타내 보이듯이 사람의 손에는 역시 掌心이라고 하는 마음자리가 손바닥 안에 있다.

얼굴은 그 사람의 마음의 상태를 입으로 무형의 모양을 만들지만 손은 마음씨에 따라 행위로 손버릇이 나타난다. 동양의학의 고전 음양오행설에는 사람의 손가락 5개가 내장 5장 6부에 연결되어 있다고 한다. 오행 木火土金水는 각 내장의 성질에 따라 간과 심장 비장 폐 등으로 배당이 되고 사람의 손가락 5개는 엄지손가락이 木기운인 간의 상태와 기능을 나타내고, 검지는 火의 기운인 심장의 내용이 담겨 있다. 木의 기운인 엄지손가락을 세우는 사람은 성공한 사람이 많다. 사회 각 분야의 지도층이고 세상을 움직이는 사람들이다. 우리나라 사람들은 간이 큰 사람들이다. 소심하거나 겁이 많으면 사회적으로 크게 성공하지는 못한다.

그렇기 때문에 항상 엄지가 되려고 하고 최고의 자리에 오른 사람 중에는 간암이나 간에 드는 병이 많다. 최고가 되려고 생각하면서도 안 되면 항상 남의 탓만 하고 누구든 조금만 마음에 들지 않으면 손가락질하고 남의 잘못만 지적하기 즐겨하는 검지족도 있다. 보이는 세상사 대부분이 본인 마음에 들지 않기 때문에 항상 불만이고 모든 것이 남의 탓이니 불평과 불만이 화가 되어 심장에 불을 지르게 된다.

손가락 5개는 5장과 6부를 나타내지만 사람의 손바닥 안은 인체내장의 전부가 들어있다. 우리가 알고 있는 손바닥 중앙의 장심이라는 부분은 사람 복부 배꼽 자리를 가리킨다. 사람도 배꼽이 인체의 중앙이고 손바닥의 중앙도 장심이다. 그렇기 때문에 손만 보고도 그 사람의 건강의 상태를 추측해 볼 수 있다. 손바닥을 보고 내장의 상태를 추측할 수 있기 때문에 손을 잘 다스려 건강을 좋아지게 할 수도 있다.

손바닥에 들어있는 5장 6부의 신경과 손바닥의 5장 6부를 조절하는 기능을 가진 손가락이 하나 되어 나 자신이 이웃을 위하여 끊임없이 일하고 손을 움직이면 뱃속의 내장도 동시 감응하여 열심히 움직여 건강이라는 선물을 안겨주게 된다.

주먹을 쥐고 손을 잘 열지 않으면 장심이 닫혀 마음문도 따라서 닫혀버린다. 전부 가지겠다고 항상 엄지손가락만 세우고 무슨 일이든 남의 탓이라고 손가락질만 하게 되면 뱃속의 내장이 짜부라 들어 숨 쉬기도 어려워지고 잘못 사용하는 손가락을 따라 간이나 심장도 병이 들게 된다. 스트레스에 시달리는 현대인은 억지로 웃으려고 해도 웃을 수가 없고 마음을 편하게 하려고 해도 내 뜻대로 되지 않는다.

그러나 손바닥을 펴고 팔을 크게 한번 벌려보면 손바닥 장심이 열림으로 얼굴의 5장 6부도 감응하여 입이 열리고 코는 벌렁거리며 눈가에 웃음이 맴 돌게 된다. 넓은 마음은 손을 펴고 팔을 벌리는 만큼 열리게 된다. 기생충이나 사고로 인한 문제 등 치료가 가능한 구시대적인 질환을 제외한 당뇨 고혈압 중풍 등 현대인의 난치성 질환 등의 원인을 여러 곳에서 추측해보고 있지만 팔을 벌려 가슴을 열고 세상을 바라보기 시작하면 비로소 피 속의 응어리들이 풀어지기 시작하면서 스트레스라 칭하는 심인성 질환인 현시대의 모든 병들이 개선되기 시작한다.

새 차 길들이기(베이비 마사지)

20여 년 전 자동차 부품공장을 운영할 때 포터 1대와 승용차로 프라이드 1대를 가지고 있었는데 그 자동차들을 구입하여 운행을 시작할 때 항상 내가 정성들여 길들이기를 하던 기억이 난다.

엔진오일과 미션, 오일 등 윤활계통은 최초에 자주 교환을 하여주고 처음 몇 달은 주행최고속도를 100km/h 이하를 유지하여 엔진에 무리가 가지 않도록 신경을 썼다.

자동차 출고 후 몇 달 신경 써서 자동차 길들이기를 하여주면 그 이후는 자동차를 운행하는데 여러 가지 점에서 이익을 보게 된다. 자동차의 출력이 좋아져서 기름이 절약되고 잔고장도 잘 생기지 않을뿐더러 중고차로 처분할 때도 좋은 가격을 받게 된다.

그런데 요즈음은 자동차 생산기술이 워낙 발전하여 자동차 길들이기가 필요 없다고 주장하는 사람도 보았다.

그러나 자동차 길들이기에 관한 나의 생각은 전혀 다르다. 자동차는 약 3만여 개의 부품으로 이루어져 있는데 서로 다른 수많은 공장에서 생산된 많은 부속품들이 모여서 완성차로 조립되어지니 만들어지는 자동차들은 똑같은 차종이며 똑같은 라인에서 나왔다할지라도 성능이나 구조 조립 등 모든 것이 100% 동일하다고 말할 수는 없을 것이다. 생산되는 차량마다 조금씩은 전부 다르다.

자동차의 구조와 조립상의 문제도 있겠지만 각 부속품들의 재질도 일정하지는 않기 때문이다. 그래서 어떤 차는 출고되자마자 AS를 받아야 되는 차량도 있고 큰 탈 없이 10년을 보내는 차량도 있다.

자동차 출고 후 첫 몇 달간의 길들이기는 이와 같이 10년을 잘 보내기 위해서 꼭 필요한데 그것은 조립된 모든 부속품들이 완전히 조화를 이루어 한 몸처럼 되기까지는 어느 정도의 시간이 지나야 되기 때문이다. 그러기에 새 차를 뽑아서 처음에 길들이기를 하는 시간은 장차 그 자동차의 수명과 성능에 직접적이고 확실한 영향을 미치게 된다.

이와 같이 불완전한 조립의 상태를 길들이기를 하여 3만여 개의 부속품들이 완전히 하나 될 수 있도록 하듯이 사람도 태어나서 얼마 기간 동안 육신의 각 기관이 제자리를 찾고 제 기능을 잘 발휘할 수 있도록 길들이기를 하여주는 것이 매우 중요하다. 자동차도 처음 출고되는 순간이 제품의 완성이 아니듯이 사람도 금방 태어나는 순간은 미완성이며 어머니 자궁에서 태어나는 순간 변형되었던 신체의 모양이나 자궁 속에서 잘못 착상되어진 여러 가지 인체의 장기들이 시간이 지나면서 제자리를 찾아가는 유아기나 또 빠른 성장으로 근육과 뼈대가 급속히 커가는 어린 시절을 잘 보내게 되면 특별한 외적인 일이 없는 한 그 사람의 평생 건강은 자연발생적으로 좋아지게 된다.

우리나라 옛말에 '엄마 손은 약손'이라고 하는 말이 있다. 옛날 먹을 것 없던 시절, 아이들이 눈에 보이는 것 닥치는 대로 먹다보면 배탈도 나고 병도 들게 마련이다. 그럴 때 마땅한 병원도 없었고 약 사 먹을 돈도 없었기 때문에 배 아파하는 자식에게 아픈 배를 문질러 주는 것이 유일한 해결책이었다. 그때뿐만 아니라 지금도 엄마 손으로 문지르면 낫는다는 마법까지 걸어가면서 아이들 배를 문질러 주는 엄마들이 많을 것이다.

엄마 손은 약손, 엄마 손은 약손하면서 문질러주시던 엄마의 사랑 속에 정말로 아프던 배가 낫고 스르르 잠이 들곤 하던 때가 있었다.

요즈음은 의학이 발달하고 생활이 풍족해짐에 따라 약손인 엄마 손을 쓸 필요도 없이 약과 병원이 넘쳐나니 우리들이 잠시 잊고 있는 것이지, '엄마 손은 약손'이라는 말 속에는 아픈 배를 낫게 하는 마법의 힘이 숨어있을 뿐 아니라 자식의 평생 건강과 생명까지를 아우르는 깊은 힘이 있다는 것을 우리는 알고 있다.

약손인 엄마 손으로 어린 자식의 온몸을 부드럽게 주무르고 안아주게 되면 내장의 기능이 좋아지고 뼈와 근육이 강해진다. 특히 아이들이 빈속일 때 배를 왼쪽에서 오른쪽으로 약 3분 정도 마사지를 해주게 되면 아기 뱃속의 5장 6부가 제자리에 빨리 안착이 되고 그 기능이 활성화되게 된다. 아이들은 하루가 다르게 급격히 성장하게 되는데 당연히 많은 영양분을 필요로 하게 되고 특히 깨끗한 산소는 피를 맑게 할 뿐만 아니라 성장세포 분열에 절대적인 영향을 미치게 된다. 그러기 위해서는 폐기능이 좋아야 하고 깨끗한 피를 순환시킬 수 있는 심장의 기능도 좋아야 한다. 이와 같이 심폐기능이 원활하기 위해서 위와 장의 기능을 활성화시켜야 하고 그러기 위해서는 건강식이나 약물에 의존하기보다 아이의 배를 마사지 해주는 것이 가장 현명한 방법이 될 수 있다. 옛날부터 내려오던 엄마 손은 약손이라고 하는 것은 아픈 배만 만지라고 있는 것이 아니라 자식의 평생 건강을 위해서 엄마의 사랑이 절대적으로 필요하다는 것이다.

더하여 부모와 자식 간의 스킨십은 아이의 마음을 안정시키고 사랑으로 가득 차게 만들어준다. 이런 아이들이 이웃도 사랑하고 부모에게 효도도 하게 된다.

새로운 생명인 귀한 자식을 육신을 건강하게 만들고 머리를 좋게 하며 그 마음에 사랑을 가득 심어주는 성장기 어린이 마사지는 이 세상에 무엇과도 바꿀 수 없는 자식에 대한 최고의 선물인 것이다.

암 예방약

아침 일찍부터 마을 회관에 준비한 어버이날 잔치음식을 드시러 오라고 여러 번 부탁하는 마을 이장의 안내방송에 따라 점심을 먹으러 갔다. 제법 잘 준비된 음식을 먹고 있는데, 옆 자리의 동네 어르신들의 걱정 어린 말씀들이 이어진다. 가만 들어보니 얼마 전 작고한 친구 되시는 영감님 얘기이다. 동네 분들과 어울려 평생을 지내오시며 술동무, 말동무하면서 지나왔는데, 어느 날 소화가 잘 되지 않아 찾아본 병원에서 위암 말기 선고를 받고 어려운 투병과정을 1년여 하시다가 돌아가셨다 한다.

그 영감님의 고통스러웠던 병원에서의 생활을 얘기하시다가 그 일이 본인들에게도 닥칠세라 두려움 속에 그래도 비우지 않고는 안 되는 술잔이라 건강을 기원하시며 독한 소주 한 잔씩 쭈욱 들이켜신다. 그리고는 말없이 안주를 집어 드시다가 한 분이 두려움과 희망이 반쯤 섞인 말로 "암에는 예방약이 없어서 말이야" 하시며 아쉬워하셨다. 마치 예방약만 있으면 이번에 도로 개설로 국비보상비 수 억 받은 돈으로 얼마든지 사 먹을 수 있다고 간절한 생각을 얘기하신다.

암에는 예방약이 없는 것일까? 지인 한 분이 위암으로 위를 조금 잘라내었는데 몇 달 지나지 않아 재발하여 다시 입원하여 위 전체를 절제하였다. 그리고는 연달아 방사선과 항암제 치료하는 것을 보면서 말릴 수 없는 것이 너무 안타까웠다. 처음에는 암이 초기라 위를 조금만 절제했는데, 왜 몇 달 가지 않아 재발하여 위를 전부 잘라내게 되었는가? 그리고는 전이가 염려된다며 몇 달 간격으로 항암치료를 계속하는 이유는 무엇인가?

우리는 흔히 초기 암이니 말기 암이니 하고 암의 진행과정을 기별로 나누어 듣고 있다. 누군가 말기 암으로 생명을 잃었다느니 또는 초기 암이었는데 얼마 지나지 않아 전이하여 재수술과 항암치료가 필요하다고 하는 얘기도 듣는다. 초기 암일 때 수술하였는데, 암은 왜 재발을 할까? 또 재발하지 말라고 항암치료나 독한 방사선 치료도 하는데 어째서 재발하는 것일까?

속담에 "빈대 잡는다고 초가 태운다."라는 얘기가 있다. 옛날 시골의 낡은 초가집은 빈대만 있는 것이 아니라 많은 벌레가 있는 생명체들의 집합소였다. 그 속에 넘치는 빈대를 잡아보겠다고 쌈지 불을 사용하기 시작하면 결국은 초가집 전체를 태우는 결과가 온다고 하는 말이다.

초기 암일 때 우리는 대부분 수술하여 잘라내고 항암치료를 하여 암의 씨를 말리면 완치되는 것으로 알고 있다. 그러나 집안에 빈대가 생기기 시작했다고 쌈지 불로 태우고 보이지 않는 곳까지 깨끗이 하는 마음으로 오래된 초가에 불기운을 주게 되면 구석구석 숨어있는 빈대의 씨는 잡지도 못할뿐더러 낡은 초가의 썩은 나무기둥이나 초가지붕의 짚에 불을 붙여 결국은 집전체가 내려앉는 불상사를 보게 된다.

위나 간 등에 초기 암이 발견되었다함은 낡고 지저분한 초가집에 벌레가 끓기 시작하는 것과 같다. 사람의 건강이 부실해지기 시작했다는 얘기이다. 그런 상태의 환자를 병든 부위를 잘라내고 주변 조직에 항암제를 쓴다고 하는 것은 빈대 잡겠다고 낡은 집에 불 폭탄을 쏘아 버리는 것과 같다.

말기 암으로 생명이 다했다 하는 소리를 가끔 듣지만 사람은 암으로 죽는 것이 아니다. 건강이 부실해지면서 암이 생기기 시작하면 암을 퇴치하기 위하여 여러 가지 수술과 항암제를 사용하는데 그와 같은 수술과 독약인 항암제는 절대 암의 씨를 뽑지 못한다.

암의 뿌리나 모든 병의 근원은 이미 몸 전체에 씨를 두고 있는 것이지 병이 발생한 특정 부위에만 있다고 생각하는 것은 큰 잘못이다.

그러므로 병을 잡아보겠다고 불을 사용하거나 칼을 사용하게 되면 주변의 기둥을 손상시켜 결국은 집을 내려앉게 하는 것과 같은 이치이다. 낡은 집에 벌레가 생기기 시작하면 청소하여야 한다. 더러운 부분을 청소하고 손상된 부분은 보수를 하여 깨끗이 하면 해충은 자동적으로 없어진다.

건강하던 사람이 어느 날 갑자기 암 선고를 받게 되면 마치 생명이 다한 양 놀라게 된다. 두려운 마음에 오직 한 마음 암 세포 박멸에 온 힘을 기울이게 되는데 암 세포 박멸과 더불어 본인의 육신도 무너진다는 것을 알아야 한다. 사람은 음식을 먹음으로서 생명을 유지해 가는데, 위암으로 밥통을 잘라내고 나면 어떻게 살아갈 수 있을 것인가. 더하여 암 세포의 전이를 염려하여 주변 조직에 항암제를 계속 쓰게 되면 결국 모든 것이 결딴난다.

그러나 생각을 달리하여 보면 사람은 밥만 먹고 사는 것이 아니다. 숨도 쉬어야 사는 것이며 육신도 움직여야 피가 돌아 살 수가 있는 것이다. 없어져 버린 밥통에 미련두지 말고 생명줄인 숨통을 관리 잘하여 본인의 자연수명을 다할 수 있도록 조정해 갈 수 있다.

인체의 5장 6부는 어느 한 부분이 병이 들었다고 모든 것이 일시에 정지하는 것이 아니다. 한 부분이 병이 들고 그 병이 다른 부분을 서서히 약화시켜 5장 6부 전체가 기능을 상실할 때, 사람은 비로소 생명의 끈을 놓게 된다.

현대의 난치병인 당뇨든 심장질환이든지 병이 들었다고 하는 것은 그때부터 잘 관리하여도 충분히 자연수명을 다할 수 있다. 병든 부분을 치료하고 적당히 운동을 한다. 모든 병은 인체의 체액과 혈액이 산성화되면서 생기므로 항산화 할 수 있는 최고의 길, 쑥뜸으로 관리하면 암의 예방만이 아니라 난치성이라 일컫는 질병의 퇴치도 충분히 가능하다.

빨리빨리 병과 패스트푸드

한국에 들어와서 살고 있는 외국인들이 가장 먼저 배우는 말이 '빨리 빨리'라는 말이다. 서투른 발음으로 빠리빠리라고 발음하면서 한국인들은 왜 그렇게 급하냐고 되묻곤 한다. 외국인들의 지적이 아니더라도 우리나라 사람들의 조급증은 이미 소문이 나 있다.

건축 중이던 아파트가 무너지고 한강 다리가 강물 속으로 들어가버리는 등의 부실공사도 공기를 당기려는 건축주와 사업자 간의 빨리빨리 의식이 빚어낸 참극인 것이다.

그러나 1960년대의 절대 빈곤상태에서 약 40년 만에 세계 10위권의 경제대국으로 발전할 수 있었던 것은 빨리 이루어보겠다고 하는 욕망의 결과라고 할 수 있다. 2만 달러의 국민소득으로 선진국 대열에 들어선 우리나라는 지난날의 보릿고개나 굶주림 같은 과거는 잊고 선진국 진입을 향해서 끊임없이 발전해 갈 것 같았는데 근래 들어 사회곳곳에서 많은 피로감이 표출되고 있다.

최고 수준의 임금을 받는 노조가 끝이 보이지 않는 무리한 요구로 회사를 연일 세우는가 하면 국가 지도층 인사의 편향된 종교의식이 신자들의 단체행동을 불러일으켜 국론을 분열시키고도 있다. 한국은 짧은 시간에 많은 것을 이루었지만 너무 빨리 달려온 나머지 과속의 후유증이 나타나고 있는 것이 아닌가 걱정스러울 정도이다.

우리나라가 이렇게 빠르게 성장하고 민주주의를 정착시켜 세계 200개 국가 중 상위그룹에 이르게 된 것은 우리보다 앞서간 미국이나 일본 등 선진 국가의 많은 도움과 그들의 경험이 직접적으로 접목되어 나타난 결과이다. 특히 선진문물을 받아들이는 과정에서 필수적으로 끼어들어온 패스트푸드는 한때 자유와 경제발전의 상징인 양 폭발적인 인기를 누렸으나, 현재는 성인병의 원인으로 지목되어 성장세가 둔화되고 스낵과 탄산음료 등은 학교 내에서 자판기가 철수되는 등 가공식품의 위험성에 빨간불이 켜진 지 오래이다. 현재 미국에는 약 5,000만 명 이상의 비만 환자와 심장질환자 등 순환기성 질환으로 고통 받고 있는 사람들이 많은데, 특히 한국에서는 국민적 성향인 빨리빨리 병과 패스트푸드가 만나 결정적인 질환 등을 만들고 있다.

암을 비롯하여 당뇨, 심혈관계 질환 등 난치성의 질병은 개인의 행복과 생활이 크게 희생되는 사회적인 문제로 부각되고 있다. 이런 가공식품의 위해성은 사람뿐만이 아니라 집에서 기르는 애완견이나 사료를 먹여 기르는 동물들에게도 영향을 주고 있다.

양계장에서 대량 사육되는 닭이나 오직 고기생산을 목적으로 한 평의 우리에 갇혀 도살될 때까지 사료만 먹고 잠만 자는 돼지는 직접 사람과 연관된다. 항생제와 성장촉진제로 자란 닭과 돼지를 다시 사람이 먹음으로 해서 유해약성이 인체에 축적되는 위험한 시대에 우리가 살고 있는 것이다. 시골 마당에 놓아기르는 닭을 잡아 요리해보면 여러 가지가 다른 것을 볼 수 있다. 고기의 질도 다르지만 내장을 만져보면 사료를 먹인 닭은 위와 장의 탄력이 없고 지방이 많다.

사람이나 동물이나 먹는 음식물이 소화되고 흡수되어 건강을 유지하게 되기 때문에 위장의 건강상태는 사람의 육체건강과 직결된다. 사육장에서 사료로 사육되는 닭은 항생제 없이는 살아갈 수가 없다. 항생제가 끊어지면 바로 질병에 노출되기 때문이다. 반면에 방사하여 기르고 있는 닭은 병이 드는 것이 드물다. 모이도 주워 먹고 풀도 뜯어먹으면서 몸 안에 저항력을 가지게 되기 때문이다.

한국인이 즐겨먹는 삼겹살에는 상추와 마늘, 된장이 있어야 제격이다. 특히 상추 속에는 락투신이라고 하는 성분이 있는데 많이 먹으면 졸리기 때문에 운전을 하기 전에는 조심해야 할 음식이다.

락투신은 진통효과와 마취효과가 있다. 약국에서 구입하는 진통제와 마취제는 신경의 전달을 끊어주어 통증을 느끼지 못하게 하는 것이지만, 상추 속의 락투신은 위와 장의 염증과 상처 난 부위를 직접 진정시켜 통증감소를 느끼게 한다.

위와 장은 사람의 생명이 끝나는 날까지 쉬지 않고 음식물을 소화시키고 흡수시켜 건강과 생명이 유지될 수 있도록 하여준다.

그러나 사람은 좋은 음식만 먹는 것이 아니라 위와 장에 부담이 되고 소화하기 어려운 음식물도 많이 먹는다. 특히 독한 술은 위장의 표피에 직접 상처를 입히기도 하고 상한 음식은 위장에 무리를 준다. 제철에 나는 신선한 야채라든가 쑥과 씀바귀 같은 약성식물이 위장을 다스려 한 해를 건강하게 살아갈 수 있도록 도와준다. 현대인은 잠에서 깨는 이른 아침부터 전쟁의 시작이다. 공부하는 학생도 그렇지만 직장에 다니는 사람들도 잠 깨기가 바쁘게 빨리 세수하고 빨리 밥 먹고 빨리 출근하여 시험이다, 진급이다, 업무다 하는 중압감 속에 살고 있다. 또한 빨리 돈을 벌어야겠다, 빨리 집을 사야겠다, 빨리 성공을 해야겠다면서 하루를 보내게 된다.

빨리 하겠다고 하는 조급함이 미시적으로 보면 빠른 시간에 어떤 목적을 이루어가는 것 같이 보이기도 하지만 무엇이든지 빨리빨리 하다 보면 밥도 빨리 먹게 되고 바쁜 중에 시간도 빨리 가게 된다. 세월이 흘러 건강에 문제가 생기기 시작하면 사람들은 멈추어 서서 뒤를 돌아보게 되는데, 그때 비로소 앞만 보고 숨 쉴 사이 없이 빨리 달려왔구나 하는 생각이 들게 된다.

암, 당뇨, 비만, 심장질환과 같이 난치성인 현대병들은 아무리 관리를 잘하여도 그 사람의 평균수명을 10년 이상 단축하게 되는데, 남아 있는 생명의 시간이 짧게 느껴질 때 사람들은 후회하게 마련이지만 한 번 발병한 병은 절대로 원위치로 돌아가지 않는다. 요즈음 서양에서는 패스트푸드의 대안으로 슬로우푸드를 찾고 있다. 천천히 먹고 천천히 생각하며 천천히 움직이는 slow life는 자연적으로 사람의 마음을 움직여 욕심이라는 짐 보따리를 내려놓게 된다. 또한 최근에는 웃음을 이용하여 난치성 질환인 암이나 당뇨 등을 극복해가기도 한다.

우리나라에서도 웃음을 연구하는 사람들이 많은데 욕심이라고 하는 짐 보따리를 내려놓으면 억지로 웃지 않아도 저절로 웃음이 나오게 되고 매사에 감사하게 된다.

마음에 여유가 생기기 시작하면 호흡이 바르게 되면서 패스트푸드는 멀리하게 되고 생명식인 슬로우푸드를 자동적으로 즐기게 된다. 난치성 질환인 암이나 당뇨, 심혈관계 질환 등은 그때부터 치료되기 시작한다.

전위치료

스위스 베른대학의 연구팀이 보통 초파리보다 훨씬 더 오래 살 수 있는 므두셀라 초파리를 만들었다고 한다. 그 초파리의 수명이 50%~60% 정도 늘어났다고 하니 대단한 연구 성과가 아닐 수 없다.

늙지 않고 오래 살아보겠다고 하는 것은 인류의 오랜 꿈이다. 불로초를 찾기 위해 애 쓴 사람은 중국의 진시황뿐만이 아니다. 미국의 실리콘벨리에서도 최첨단 IT 산업의 뒤를 이어 노화를 되돌리고 수명을 늘리려고 하는 생명의학 연구가 불같이 일어나고 있다고 한다.

페이팔의 공동창업자인 억만 장자 피터 틸이 인간 수명을 120살로 늘리는 프로젝트를 추진하는가 하면, 러시아의 인터넷 대부로 불리는 드미트리 츠코프는 아예 1만 살을 목표로 삼고 있다고 한다. 구글의 공동창업자인 세르게이도 언젠가는 죽음을 다스릴 수 있다고 생각하고 있다.

그러나 우리에게 더욱 특별한 것은 재미교포 펀드매니저인 윤준규 박사가 2018년까지 생쥐의 수명과 생체활력을 50% 증가시키면 100만 달러, 우리 돈으로 약 11억 원을 시상하는 팰로 앨토상이라고 하는 것을 만들었다고 하는데 소식통에 의하면 곧 수상자가 나올 예정이라고 한다.

수명을 연장하여 병 없이 오래 살아보겠다고 하는 것은 우리 모두가 소원하는 꿈이기도 한데 불행히도 인류는 지금까지 그렇게 살아본 세대가 없다. 불과 100년 200년만 시간을 되돌려도 사람의 평균 수명이 30년이 안 되는 나라가 많았다. 우리나라만 해도 조선 시대의 평균 수명이 24세가 되지 않았다고 한다.

그러던 것이 인류가 생긴 이래 인간 장수의 가장 큰 적인 전쟁이나 굶주림, 전염성질병이나 사고 등 거의 모든 문제로부터 해방되어 짧은 시간에 수명이 수십 년이나 쉽게 늘어나서 지금은 100세 시대를 눈앞에 두고 있다.

호사다마라고 할까. 너무나 편리해진 생활 그리고 넘쳐나는 먹을거리는 사람이 미처 생각해 보지 못했던 전혀 다른 문제를 만들어내고 있다. 그것은 지금까지와는 전혀 다른 종류의 문제로 사람의 건강과 생명연장에 큰 장애로 다가 온다.

당뇨나 심장질환 그리고 비만 등은 지금까지의 인류는 별로 고민해 보지를 못했었다. 세계 200여 개국의 선진국으로서의 긍지를 살려 닉슨 미국 대통령이 1971년 암과의 전쟁을 선포하고 5년 내에 암을 퇴치하겠다고 선포하였으나 그 후 40여 년 동안 20조 달러나 되는 막대한 돈을 투입하여 연구에 연구를 거듭했지만 결국 백기를 들고 말았다.

그들은 암이 왜 생기고 어떻게 전이되고 어떻게 확산되는지 그리고 어떻게 해야 막을 수 있는지 도무지 알 수 없었다. 암 전문가 100명이 암 세포 하나를 당해낼 수 없다며 암과의 전쟁에서 패배를 자인했다.

우리는 지금 과학과 의학이 최고도로 발달한 시대에 살고 있다고 생각하고 있다. 지구의 반대쪽에서 서로 얼굴을 보며 통화가 가능하고 지구를 떠나 다른 별로의 여행도 이미 시작되고 있다. 모르는 것이 없고 부족한 것이 없는 현재의 우리가 사람 몸 안에 발생하는 질환, 암이나 당뇨 등에 대해서 왜 이렇게 무지하고 환자의 치료효율을 생각하면 무능하기 짝이 없는 것일까.

암이나 당뇨, 치매 등을 생각해보면 지금 현재도 병의 발병 원인이나 진행 과정 등 아는 것이 거의 없다. 그렇기 때문에 난치성질환이라는 이름이 붙었고 평생 약을 먹고 조절해가야 하기 때문에 생활습관성이라 이름 붙였다.

스위스 베른대학이 발견한 므두셀라 유전자는 성경의 창세기에 나오는 인류 역사에 기록된 사람으로서는 최고 장수를 누린 사람의 이름을 따온 것이다. 그가 969세를 살았다고 하니 잘 믿어지지는 않지만 대략 1000년을 살았을 그의 건강비법을 생각해보면 단순하지만 정확하게 몇 가지를 유추해볼 수 있다.

인류 역사의 초기에 전쟁이나 질병, 굶주림이 없었을 것이다. 아마 마음 편히 먹고 마시며 걱정 없이 살았을 것을 생각하면 좋은 환경과 건강한 먹을거리 그리고 마음 편한 것이 건강과 장수에 지대한 영향을 끼친다는 것을 얼마든지 수긍할 수 있다. 그러나 단순히 그렇다고 사람이 천 년 가량이나 산다고 하는 것은 집에서 키우는 애완견을 생각해보면 건강과 수명의 다른 쪽을 보게 된다. 옛날에는 집에서 키우는 개를 똥개라 부르며 집안에 매어두고 사람이 먹다 남은 음식찌꺼기를 먹이며 키웠다. 그것이 요즘은 아파트건 단독주택이건 전부 방안에서 개를 키우며 사람과 동고동락한다. 사람이 먹는 음식과 같은 수준의 고급 사료도 먹고, 추울 때는 개 옷도 입히고 영양제도 먹이는 일이 있어 '개 팔자가 상팔자'라는 말이 나오는 환경을 누리고 사는 개들도 있다. 수의사가 권하는 대로 사료를 먹여야 개가 건강하고 털의 빛깔도 고우며 냄새가 나지 않는다. 100% 사람이 먹어도 될 만한 고급 사료를 먹이며 방안에서 키우지만 현재의 애완견들은 사람과 똑같이 병원 떨어져서는 살지 못하는 경우가 많다. 개도 사람과 똑같이 당뇨나 심장병을 달고 살고 암으로 수술까지 하고 있다.

야생에 살고 있는 짐승과 달리 굶주림이 없고 큰 동물로부터 먹이가 되는 것도 아니어서 마음 편히 살고 있는데 사람과 같은 병을 달고 사는 것은 사람과 같은 것을 먹기 때문이다. 오랜 세월을 항상 굶주리며 살아온 인간이 물질이 풍족해지면서 건강의 첫째도, 둘째도 영양제가 전부인 줄 알고 있다. 그리하여 지금도 영양제와 건강식은 지속적으로 선전 광고되고 있다.

병 없이 살아가는 야생의 동물이나 므두셀라가 969년을 살 수 있었던 근원은 다 른 여러 가지 이유도 있겠지만 사람이나 동물의 육신을 만드는 근본인 먹을거리가 생식이라는것을 먼저 생각해야 한다.

미국인이 많이 먹는 질 좋은 소고기와 가공식인 햄버거 등은 영양식으로는 만점이다. 그러나 모든 음식을 구워먹고 삶아먹고 쪄먹고 끓여먹는 화식은 사람의 생명현상에 치명적인 영향을 미친다.

충분한 영양을 섭취하는 것도 중요하지만 몸속으로 들어간 영양소가 에너지가 되어 세포분열을 통해 사람의 피와 살을 만들어야 한다. 그리고 36.5라는 온도를 유지하여 인체의 모든 기능을 가동하기 위해서는 그 영양소를 태우는 전기적인 성질을 가지고 있는 생식을 하는 것이 중요하다.

생식이라고 하는 것은 조리하여 먹는 화식에 대별되는 개념으로 생명식이라고 할 수 있다.

60조 개에 이르는 인체의 세포는 개개가 기능이 모두가 다르지만 사람이 섭취한 영양소를 흡수하여 생장과 증식 분화를 거쳐 생명유지를 이어간다. 인체 모든 세포의 먹이가 되는 영양소는 전기적인 작용에 의해 세포 내로 흡수되고 미토콘드리아에서 연소되어 세포의 성장을 가능하게 하며 인체를 이루는 모든 구조물들은 전기적인 작용에 의해 생명활동이 가능해진다.

모세혈관의 작은 피의 흐름, 심장의 박동, 위장의 연동운동 등 지금까지 우리는 자율신경에 의하여 되는 것으로 정의해 놓았지만 그 사실은 모두 전자기적인 작용인 것이다.

인체는 전기왕궁으로 전기적인 작용에 의해 모든 기능이 작동하도록 되어 있다. 생식이라고 하는 것은 식재료의 내용이 전자기적인 극성을 띠고 있다는 것이다.

식재료를 삶거나 구워 버리는 화식은 전기적인 극성이 없어져버린다. 그것은 다만 단백질이나 지방 등 영양덩어리일 뿐으로 전자기적인 극성을 띠고 있는 생식을 만나야 세포에서 에너지로 전환이 가능해진다.

지금 우리 주변을 둘러보면 가까이는 휴대폰부터 방안에는 TV, 냉장고 등 전자기파가 발생하는 환경 속에 살고 있다. 오랜 기간 화식을 통하여 몸을 만들어온 우리는 이미 몸 안에 전위의 균형이 깨어져 있기 때문에 그와 같은 전자기파에 영향을 받지 않을 수가 없다. 더하여 공해로 인한 환경의 오염 그리고 생활폐수와 농약 등의 자연 파괴로 인한 중금속의 오염은 인체에 흡수되는 대로 바로 인체 전자기파의 균형을 깨트려 암이나 뇌질환 등 치명적인 문제를 만들어낸다.

당뇨병이 오래된 환자들은 일단 발가락이 염증으로 썩어 들어가면 다른 대안 없이 발을 잘라내야 한다. 썩어 들어가는 발은 일견 피가 통하지 않아 그렇게 되는 것 같지만 부항으로 발을 사혈해보면 어디에서건 피는 나온다. 다만 그 피가 고혈당으로 탁하여 염증을 일으키고 있는 것을 알 수 있다. 그런 자리에 침이나 쑥뜸을 통하여 환부에 전위의 균형을 맞추어 주면 최악의 상태가 아니면 대부분의 발은 치료가 이루어진다. 침이나 직접구 쑥뜸은 사람의 질병치료에 여러 가지 역할을 하지만 가장 중요하고 강력하게 작용하는 것이 전기적인 힘이다.

인체 염증으로 곪아있는 부위는 전위적인 차이가 생겨 양이온과 음이온의 균형 이상이 생긴다. 세포 조직 주위에 양이온이 정전기 형태로 머물면서 그 부분이 근육조직 안 순환기장애가 발생하여 피로 운반해 온 영양소나 산소가 세포로 흡수되지 못하고 세포 사이 체액 속에 머물게 되면서 부패하여 근육이 괴사한다. 당뇨발 같은 것을 만들고 세포를 노화시키며 그런 것들이 밖으로 드러나는 피부의 변화가 곪는 것과 괴사이다. 쑥뜸의 강력한 전기력과 열감은 양이온으로만 뭉쳐 신경전기의 진행을 방해하고 모세혈관의 흐름을 방해하는 전자기적인 불균형을 깨트려 인체 전자기적인 기운을 돌게 하고 그로 말미암아 혈액과 신경이 순환하여 염증으로 병들어있던 부위를 풀어주어 순환기성 질환의 모든 문제를 해결해준다. 전기는 +와 −의 전하로 서로 상대적인 균형을 이루며 운행되고 있다. 양극을 분리하여 인체의 부족한 부분에 단극으로 계속 자극하게 되면 낫지 않을 병이 없게 된다. 그러므로 전위치료는 만병통치의 치료법이라 말할 수 있다.

발포부항

　요즈음 목욕탕에 가보면 건부항을 붙이는 사람들을 많이 볼 수 있다. 일명 뽁뽁이라고 하는 실리콘 재질의 부드러운 컵 모양의 부항을 등에 여러 개 붙이고 있는 모습을 많이 볼 수 있는데 가정에서도 습관적으로 매일 사용하는 사람이 매우 많다고 한다. 약 15년 전만 해도 부항을 사용하는 경우는 보기 힘들었는데 지금은 사회적으로 많이 퍼져 있는 것 같다. 짧은 시간 등에 여러 개를 붙이는 건부항은 피부에 별다른 영향을 주지 않고 몸속의 기체성 독소만 뽑아내면서 한증막에서 땀을 한번 흘리는 것처럼 아주 시원한 쾌감을 맛볼 수 있다. 그에 반하여 몸의 요혈 한두 곳에 부항을 붙이고 1시간 내지는 그 이상까지도 붙여두고 근육 속의 노폐물을 뽑아내는 발포부항은 피부에 충격이 많이 가고 사람이 느끼는 통증도 대단하지만 부항요법의 새로운 장을 만들어가는 것을 알 수 있다.

　일반적인 부항은 역사가 아주 오래된 요법이지만 발포부항이라 함은 일반에 알려진지 얼마 되지 않은 새로운 부항법이다. 짧은 시간 피부에 붙이는 건부항에 비해 장시간 붙여둠으로써 피부속의 노폐물인 염증성 체액을 뽑아낼 수 있다. 발포부항은 세간에 알려진지는 얼마 되지 않지만 그 효과를 본 사람들의 입을 통하여 빠른 속도로 퍼져 나가는 것을 볼 수 있다.

처음에는 피부의 혈자리에 부항을 붙여두고 체액이 나오는 것을 보노라면 어떻게 저런 것이 나올 수 있을까 매우 의아스럽게 생각되기도 한다. 옛날 우리나라가 어려웠을 때 특히 겨울철에 많이 발생하는 버짐이나 곪아터지는 염증성 질환으로 많이 고통 받을 때 고약을 붙여 고름을 빼내곤 하던 것은 많이 보아왔었다. 피부 표면이 염증으로 곪지 않아도 몸 안에 고름이 없다고 생각할 수는 없다. 우리가 흔히 말하는 위염, 간염, 장염 등 여러 가지 염증성 질환은 밖으로 드러나진 않지만 위염은 위장이 염증성 질환으로 곪아 있다고 하는 얘기이고, 간염이나 장염 등 모든 염증성 질환들은 그 부위가 곪아 있다는 것을 말해준다. 다만 곪은 고름이 외부로 나오지 않았을 뿐이지 피부 내면에서는 이미 해당 부위의 체액이 ph산도가 떨어진 체액이다. 발포부항은 부항컵을 이용하여 곪은 부위의 체액을 뽑아내어 병든 부위를 치료할 수 있는 방법으로 외부에서 내부의 곪은 체액을 뽑아내는 새로운 부항 방법인 것이다.

평소에는 더울 때에만 피부 모공이 열려 체온을 식히기 위해 땀으로 수분이 배출되지만 부항의 음압을 장시간 걸어두면 ph산도가 떨어져 산소와 영양소의 공급을 할 수 없는 노폐물인 체액이 인체 조직사이에 머물러 있다가 부항의 음압에 당겨져 나오는 것이다. 우리 쑥뜸방에도 가끔 오는 환자 중에는 무릎에 물이 많이 생겨서 병원에서 주사기로 여러 번 물을 뺀다는 사람은 얼마든지 볼 수 있다. 무릎뿐만이 아니라 통증이 있거나 병이 있는 여러 곳에 음압을 걸어보면 건강하지 않는 만큼의 물이 많이 나온다. 눈으로 인체의 노폐물인 염증성 체액을 확인해 볼 수 있는 것이 암 환자의 말기증상인 복수가 차는 것이라든지 무릎이나 삔 곳에 물이 차는 것은 우리 눈으로도 쉽게 볼 수가 있다.

시골 마을 봉사활동 중에 만난 김 할머니는 키는 약 150cm 정도 되는데 배와 엉덩이만 많이 튀어나왔고 하체는 살이 빠져 매우 빈약하다. 평소 심장도 좋지 않지만 허리와 엉덩이가 아파서 6년을 하루도 빼지 않고 시내 건강 센터에 다녔다고 한다. 그러다가 올 정월달에는 마침내 주저앉고 말았는데 도저히 일어설 수가 없을 정도로 허리가 망가져버렸단다. 처음 만났을 때는 기어 다니면서 움직이고 있었다. 하물며 그 동네에 유일하게 하루 5번 들어오는 공영버스 기사가 매일 보던 할머니가 몇 달째 차를 이용하지 않으니까 그 동네 마을 사람에게 그 할머니 돌아가셨느냐고 물어볼 정도로 시내에 치료하러 열심히 다녔단다. 그 할머니를 아프다는 허리와 엉덩이의 고관절 부위를 중심으로 사혈과 발포부항을 번갈아 시도하여 물을 뽑아내는데 할머니의 큰 엉덩이와 튀어나온 배 전체가 악성 체액인 노폐물이다. 빼고 또 빼도 계속 부항 컵 하나를 다 채우곤 하는데 몇 달을 뽑아내었다. 물론 매일 그렇게 한 것은 아니지만 두세 달을 그렇게 하고 나니 어느 정도 일어서서 걸을 수 있게 되어 지금은 마을 경로당에도 매일 나오시고 마을 길도 가끔 천천히 걸으면서 건강을 단련하신다.

사람이 살아가는 사회도 전기라든가 수도라든가 필요한 것이 수원지에서 큰 파이프를 통해 각 가정에 전달되어 사용하게 되는데 공급받은 깨끗한 물은 사용 후 하수도가 되어 폐수저장조로 옮겨지고 그곳에서 정화되어 물은 다시 강으로 흐르게 된다. 오물은 쓰레기하치장에 묻어서 폐기한다.

　사람도 마찬가지로 대동맥과 실핏줄을 통해 산소와 영양소를 공급 받고 가정과 같은 세포에서 사용 후 노폐물을 배출하게 된다. 그것은 처음에는 인체모공을 통해 땀과 함께 기체로도 배출이 되고 대소변을 통해서도 사용 후 처리가 가능하다. 그러나 그것이 일정량 이상을 초과하여 노폐물이 만들어지기 시작하면 하수도가 넘쳐 주변을 오염시키듯이 인체의 내부 장기나 세포사이에 축적이 되면서 비만이 되기도 하고 관절이나 폐 등에 물로 차게 되기도 한다.

　간암 말기 환자들이 마지막이 되면 배에 복수가 차게 되는 것을 많이 볼 수 있는데 배에 물이 차기 시작하면 팔이나 다리 등의 살이 빠지는 것을 볼 수 있다. 그것은 인체의 조직인 세포가 기능을 상실하면서 염증성으로 바뀌어 노폐물로 변하고 근육을 이루고 있던 세포가 분해되면서 물로 바뀌어 배에 차기 때문이다. 그렇기 때문에 암 환자가 되었건 당뇨 환자가 되었건 살이 빠지면서 배나 다리 등에 물이 차오기 시작하면 상당히 위험하게 된다. 그와 같이 큰 병이 아니더라도 건강에 조금만 이상이 생긴 사람이라도 해당 부위를 발포해보면 제법 많은 물이 나오는 것을 알 수 있다. 사람의 질병 대부분은 인체 체액이 변하여 염증성을 가지면서 세포질 외로 흘러나와 쌓이기 때문이다 그래서 건강해 보이는 사람이라 하더라도 폐나 기관지 또는 허리나 기타 여러 곳을 발포해보면 물이 나지 않는 사람은 거의 없다.

　그러나 정말 건강한 사람은 절대 물이 나오지 않는다. 이와 같이 발포부항은 피가 탁해져서 어혈이 되어 혈관을 막고 있는 것을 직접 빼내는 사혈부항과 같이 통증 부위나 병든 자리에 사침하지 않고 바로 부항만을 부착시켜 오염된 체액을 뽑아냄으로써 피를 빼내는 위험과 수고를 하지 않고도 질병을 치료하는 방법인 것이다.

발포부항은 부항을 떼어내면 많은 물집이 잡히고 피부가 터지면서 내부에서 악성체액이 나오기 때문에 우선 매우 보기 흉하고 통증과 가려움으로 조금 고생을 하게 된다. 그러나 발포된 자리는 보기는 그렇지만 바로 물에 넣어도 염증성 질환으로 발전이 되지 않는다.

발포되고 나면 솜이나 휴지로 닦아내고 그대로 두어도 2차적인 어떤 문제도 생기지 않는 것은 발포되고 난 자리는 병원균이 번식할 수 없는 환경으로 바뀌었기 때문이다. 모든 염증성 병원균은 노폐물인 체액이 고여 있는 자리이다. 자리를 잡고 번식을 할 수 있는 것이지 오염물질이 빠지고 깨끗한 자리가 되면 병원균의 번식이 불가능하다. 마치 하수도에는 여러 종류의 벌레와 세균이 많지만 수돗물에는 그런 것이 살 수 없듯이 인체 노폐물인 체액을 뽑아내고 나면 피가 맑아지고 건강은 자연적으로 돌아온다.

복막염 수술

황 할머니는 올해 74세이시다. 생각이 얼마나 긍정적인지 세상에 이해 못할 일이 없는 것 같다. 같이 쑥뜸 뜨러 오시는 비슷한 연배의 정 할머니는 심장질환과 우울증 그리고 허리와 무릎이 아파서 고생을 하신다.

그중에서도 특히 정 할머니를 괴롭히는 것은 작년에 돌아가신 할아버지에 대한 그리움이었다. 특별히 살아계실 때 정이 많은 것도 아니고 할아버지와 잘 지낸 것은 아니라고 한다. 그러나 할아버지가 돌아가시고 나니 혼자 거주하는 집이 얼마나 적적하고 외로운지 잠이 잘 오지 않는다고 한다. 그 말을 들으신 황 할머니는 별 걱정 다한다고 하시며 자신은 할아버지가 몇 년 전에 돌아가셨지만 본인은 지금 살아가는 것이 얼마나 즐거운지 모르겠다고 하신다. 영감님 밥 차려드릴 일이 걱정이 되나, 옆에 누가 있어서 신경 쓰일 일이 있나, 자녀들 다 출가시켜 내보냈겠다, 영감님 안 계시겠다, 마음대로 일어나고 마음대로 먹고, 놀고 싶을 때 놀고, 자고 싶으면 내 마음대로 잔다고 한다. 평생을 시부모 봉양하고 자녀 뒷바라지 그리고 마지막에는 영감님 병치레로 잠시도 시간이 없었는데 지금은 혼자 아무 걱정 없이 자유롭게 사신다며 우울증 같은 쓸모없는 병은 던져버리고 신나게 살아보자고 정 할머니를 다독이신다.

그런데 황 할머니는 말씀은 그렇게 하시지만 처음 쑥뜸방에 오셨을 때는 발목이 많이 부어있어서 잘 걸어 다니지를 못하고 팔도 아파서 자유롭게 쓸 수도 없는 상태였었다. 워낙 신중하신분이라 대과 없이 인생을 지나왔지만 사실 돌아보고 싶지 않은 과거였다고 한다.

영감님이 젊어서 바람도 피우고 시어머니 등쌀에 시집살이도 제법 심하게 하셨단다. 그렇게 낙천적인 황 할머니는 성격과는 달리 30대에 들어서면서부터 간이 안 좋아 무척 고생했다고 한다. 병원에서 약을 먹어도 좋아지지 않아 무면허로 주사를 놓아주고 병을 봐주는 동네 아저씨한테서 간에 좋은 주사를 많이 맞았는데 그것 때문인지는 모르겠으나 그 뒤로는 간 문제로 크게 고생한 일은 없었다고 한다.

그러다가 40대 들어서 아랫배가 살살 아파서 기도원에를 열심히 다녔는데 안수기도를 인도하시는 분이 배를 치료해주겠다며 얼마나 강력하게 문질렀는지 배가 더 아파서 할 수 없이 병원에 가서 수술을 하였단다. 병원에서 배를 열어보니 맹장이 터진 것 같다하여 맹장수술을 하고 퇴원했는데 그 뒤로 다시 복막염이 생겨 복막염수술을 또 하였단다. 그러자 50대부터는 혈압이 생기고 골다공증약도 먹어야 되고 자주 넘어져서 발목을 삐기도 하고 팔도 자주 다치곤 하였다고 하신다.

그래도 몸이 조금 비만이고 겉으로 보기에는 별로 아픈 곳이 없어 보여 배에 왕뜸을 하고 집에 가셨는데 뒷날 쑥뜸방에 오셨을 때 그야말로 야단이 났다. 어제 쑥뜸을 했던 자리 중 아랫배 즉 배꼽 아래 부분이 완전히 녹아버렸다. 왕뜸은 간접구이기 때문에 피부에 불기운이 닿지 않는다. 쑥진이 먼저 내려가고 그 다음 쑥봉의 원적외선이 배에 묻은 쑥진을 피부모공으로 침투시켜 혈액순환이 좋아지고 뭉쳤던 근육이 풀어지도록 하는 것인데 황 할머니는 큰 수술자국이 있는 아랫배가 완전히 헐어 하루만인데도 벌써 진물이 줄줄 흐르고 피부가 벗겨지고 살이 익었는지 점점이 벌겋게 살점이 드러나고 있었다.

할머니는 맹장수술과 복막수술로 아랫배에 큰 수술자국이 있는데 그 부분이 염증으로 많이 곪아 있는 상태에 왕뜸을 뜨니 피부표면이 헐기 시작한 것이다. 상태가 뜸을 할 수 없는 경우이기 때문에 헐어서 손을 쓸 수도 없는 자리에 전위치료기를 부착시켰다. 특별히 쑥뜸방에 있는 여분의 전위치료기를 황 할머니 댁에 빌려주어서 밤새워 전위치료기를 배에 붙이고 주무시라고 주문하였다. 아랫배의 물집으로 크게 놀란 할머니가 정말 내가 시키는 대로 밤새워가면서 아랫배를 치료하였던 모양이다. 약 10일 정도 지나니 계속 나오던 고름도 멈추고 벗겨졌던 피부도 서서히 아물기 시작했다. 그때쯤 다시 왕쑥뜸을 시작하면서 부항으로 고관절과 발목도 치료하고 부정맥이 있는 심장도 치료하기 시작하였다. 약 두 달 정도 쑥뜸하면서 아랫배도 완전히 낫고 비만이면서 배가 많이 나왔었는데 배도 제법 들어갔다. 전위치료기는 살이 완전히 헐어버려 오랜 시간이 걸려야 회복되어갈 것을 빠른 시간 안에 원래상태로 회복시켜주고 피부를 헐게 만들었던 원인인 내장의 문제까지도 같이 쑥뜸의 효과가 제대로 들어갈 수 있도록 하여 5장 6부의 전체적인 치료가 되도록 하여주었다.

목과마을 노인회 회장님

　쑥뜸방사무실을 개소하고 며칠 되지 않았을 때 쑥뜸봉사를 3개월 한 적이 있는 목과마을 경로당의 노인회 회장으로부터 아침에 전화가 왔다. 반가운 마음에 인사를 드리려고 하니 급한 일이 있어서 아침부터 전화를 하였다면서 사정을 얘기하였다. 들어보니 간단한 문제가 아닌 것 같아 노인회 회장을 모시고 사무실로 같이 가자고 말씀드리고 모시러 갔다.

　목과마을은 제법 큰 마을인데 노인회 회장을 맡고 있는 분은 할머니이시다. 회원 중에는 교사와 교장으로 또는 공무원으로 정년퇴직한 영감님도 몇 분 계시는데 유독 그 마을에서 오래 사시면서 농사만 지어오신 심 할머니가 노인회 회장이다.

　처음에는 봉사를 하면서 이와 같이 큰 노인회를 연약해 보이는 할머니가 어떻게 움직여 나가실까 하는 마음도 들었는데 같이 몇 달을 지내보니 그만큼 마음의 깊이가 큰 분이셨다. 상대를 배려하고 양보하며 조용한 할머니셨다.

　약 10년 전부터 본인생각에 심장이 좋지 않다고는 느끼고 있었으나 지금까지 병원에 누워본 적이 없이 건강하게 살아오셨다. 그러나 요즈음은 사탕을 입에 넣으면 한쪽으로 침이 흐르고 허리가 너무 아파서 허리협착증 수술을 부산에서 정형외과 의사를 하는 친정 조카에게 할 예정이라고 하는 말씀을 듣고 중풍예방과 허리를 수술하지 않도록 하기 위해 사혈과 쑥뜸으로 치료를 해드렸었다.

그리고는 약 1년여가 흘렀는데 전화가 와서 만나보니 아주 심각한 상황이라는 것을 말씀으로 미루어 짐작할 수 있었다. 그래서 우선 병원에 가서 진단을 받고 오시라고 하니 병원에는 가시지 않겠단다. 그냥 생을 마쳐도 집에서 조용히 끝을 내지 병원에 누워있지는 않으시겠단다. 그러면 아들에게 연락이라도 하라고 하니 자식에게 걱정을 하게 만든다면서 그냥 어떻게 되더라도 좋으니 쑥뜸으로 치료해주라고 하신다.

정말 어려운 부탁이었지만 할머니의 생각이 워낙 강경하시니 도리 없이 쑥뜸으로 치료해보자고 우리 쑥뜸방으로 모시고 갔다. 그때 나의 판단은 자궁 쪽에 암이 심각하다는 결론을 내리고 있었기 때문에 지체할 것 없이 그날부터 바로 쑥뜸을 많이 하고 배 마사지를 30분 이상 했다. 그리고는 바로 전위치료기를 배에 고정하고 약 4시간가량 집중적으로 치료하였다. 할머니는 키는 크지만 살이 다 빠져버린 상태라 뱃가죽이 등에 붙어있고 배 안에는 뼈와 단단한 돌덩이 같은 것만이 만져지는 상태였다. 왕쑥뜸 5개를 배의 기본 자리에 놓고 뜸을 1시간가량 하고 그 다음에는 마사지크림을 듬뿍 발라 배 안의 내장이 힘을 받고 굳어가는 장기가 풀어질 수 있도록 수십 분 마사지를 하였다. 그러면서 부항으로 심장과 머리의 백회혈자리에 가끔 한 번씩 사혈을 하여 긴급한 불상사를 방지하면서 전위치료기를 배에 붙이고 장시간 치료하였다.

특히 할머니는 전위치료기에 대한 나의 설명을 충분히 이해하시고 다른 사람이 하지 않는 전위치료기까지 끌어다가 하나는 배에 또 하나는 심장에까지 부착하시고는 몇 시간을 불편한 자세로 수고를 하셨다. 그렇게 정성을 드리면서 약 한 달 정도 지나니 할머니의 얼굴에 화색이 돌아오고 밥을 먹어도 소화도 잘 된다고 하면서 매우 기분 좋아하신다.

어느덧 두 달 정도 되었을 때 정성이 통하였던지 등가죽에 완전히 붙어버린 배가 조금씩 일어나기 시작하더니 하루가 다르게 배안이 부드러워지기 시작했다. 약 두 달 반 정도 쑥뜸과 전위치료기로 치료하고는 집으로 가셨는데 그 뒤 1년이 지난 뒤 다른 일로 다시 만났을 때 깜짝 놀랐다. 약 10년 정도 젊어보였기 때문이다. 그때쑥뜸을 뜨고 집으로 돌아와 지금까지 아픈 일 없이 잘 지낸다고 하신다. 얼마나 고마운 말씀인지 내가 매우 기분이 좋아졌다.

자궁암

경남 고성에 사시는 정 씨는 2006년 자궁경부암 3기로 자궁적출하고 지금까지 약 5년 동안 3개월에 한 번씩 병원에 검사를 다녔고, 암이 재발하지 않아 지금까지 잘 지내올 수 있었다. 그런데 사실 정 씨는 암이 발생하기 전인 60살 이전에는 키는 작았지만 몸도 가볍고 아주 건강했다고 한다. 평생 감기 한번 앓지 않고 지냈고 자식을 키우고 일하면서도 피곤한 줄 몰랐다고 한다.

그러나 60살 넘어 암 수술을 하고 치유가 된 줄 알았으나 그때부터 소화도 되지 않고 변비도 생기고 소변도 자주 보게 되는 등의 여러 가지 문제가 만들어지더란다. 암 수술 후 2년 정도 지나니 소화불량이 본격적으로 시작되면서 밥을 먹지 못하고 죽을 먹을 수밖에 없을 정도로 악화가 되었다. 살고 있는 집이 고성이라는 시골이었지만 버스로 한 시간이 걸리는 진주까지 내과 병원을 2년을 꼬박 다녔다고 한다. 그러나 전혀 차도가 없고 쑥뜸방에 올 당시는 몸무게는 45kg으로 평소 몸무게에서 10kg 이상 체중이 줄어서 정말 보기가 좋지 않았다.

그런데도 여러 병원에서 건강검진을 수차례 하였으나 모두 정상이고 이상소견이 없다고 하니 정 씨 본인이 얼마나 답답하였는지 쑥뜸방에 처음 걸음 하여서는 자기는 병원 외에는 믿어본 적이 없었는데 할 수 없어서 쑥뜸방을 찾아왔다고 하신다.

잘 오시었다고 인사를 하고 복진을 해보니 암이 위장에까지 올라와 있었다. 그래서 바로 왕뜸을 배에 얹고 쑥뜸을 하고 쑥뜸을 마친 후 중완에 사혈을 해보니 피가 단 한 방울도 나오지 않는다. 그래서 전위치료기 얘기를 하니 뜻밖에도 전위치료기를 오래전에 구매하였으나 별로 효과가 없는 것 같아서 쓰지 않고 집에 방치하고 있다고 얘기하신다. 암이 나을 수 있는 보물과 같은 기계를 집에 그냥 두고 있다고 하니 그동안 큰 손해를 보신 것이라고 얘기하고 지금부터 매일 오랜 시간 배에 자극을 하라고 말씀드렸다. 현재 자궁암이 배 안 전체로 재발되고 있는 상황이니 매일 쑥뜸 후 전위치료기를 가지고 몇 시간이든 사용해야 한다고 특별히 강조하였다

그렇게 약 일주일 정도 쑥뜸을 했는데 어느 날 쑥뜸방으로 들어오시더니 이제 밥을 먹어도 토하지 않는다면서 매우 좋아하신다. 몇 년간 소화불량으로 고생을 했는데 쑥뜸과 전위치료기의 효과가 일주일 정도 만에 나오는 것을 보니 나도 놀라웠지만 정 씨 본인은 정말 오랜만에 먹어보는 밥이라 정말 고마워했다.

그 뒤로는 쑥뜸을 하고 배의 중완자리에 부항을 약 1시간 정도 발포를 하기도 하고 사혈을 하기도 하면서 쑥뜸과 부항의 사용법을 교육시켜 집에서 할 수 있도록 재료도 구비하여 고성으로 보내드렸다. 그 뒤는 몇 달 동안은 연락도 없기에 잊고 지냈는데 약 3개월 정도 지났을까 연락도 없이 쑥뜸방에 갑자기 찾아오셨다. 사연인즉 잘 먹지 않던

염소고기를 약간 많이 먹었더니 다시 소화불량이 생겼다고 한다. 그래서 얼른 중완에 사혈을 해보니 아니나 다를까 전혀 피 한 방을 나오지 않는다. 그래서 왕뜸을 하고 마사지로 배를 한참 풀어준 후에 집에 가서 전위치료기를 오랜 시간 하라고 하고 보내드렸다. 그 뒤로 지금까지 연락이 없는 것을 보니 별 탈 없이 지내시는가 보다.

한라산 등반

쑥뜸을 하러 오시는 분 중에는 특별히 유별난 사람도 가끔 있다. 노 씨 할머니는 그중의 특별한 사람인데 항상 쑥뜸방에 와서 하는 말이 정해져 있다. "티끌만치도 좋아지지 않았다." "어제 쑥뜸 뜨고 무릎 치료받고 가셨는데 무릎의 통증이 어떻습니까?" 하고 물으면 정색을 하며 하는 말이다.

우리 쑥뜸방에 오시는 스님 한 분이 소개해줘서 오시게 되었는데 노 씨 할머니는 이미 양쪽 무릎의 연골이 완전히 녹아버려 그 달에 수술을 예약해 놓은 상태였었다. 그런데 심장질환과 비만으로 고생하시던 스님이 쑥뜸방에서 심장사혈로 인하여 흉통이 사라지고 평소 가슴을 짓누르던 마음의 큰 부담까지 시원스레 없어지는 것을 경험하고, 무릎이 아파서 오랜 기간 고생하던 신도인 노 씨 할머니에게 쑥뜸방을 소개하신 것이다.

양쪽 무릎의 연골이 완전히 녹아버려 제대로 서지도 못하는 노 씨 할머니는 본인이 오랜 기간 여러 종류의 치료를 해보았기 때문에 이미 불신이 많아 쑥뜸을 하고 싶지 않았으나 소속절의 스님이 소개를 해주시니 할 수 없이 오게 된 것이었다.

그러니 처음부터 불신이고 치료에 부정적이었다. 제대로 걸어 다니지를 못하기 때문에 조금만 걸을 일이 있으면 자전거를 타고 다니는데 더 나빠지기 전에 수술하기로 마음먹었으니 헛일하지 말라고 점잖게 충고까지 한다. 그래도 그 말을 귓등으로 흘려듣고 우선 양쪽 무릎에 3호 부항을 붙이고 사혈을 해보았다. 아니나 다를까 피 한 방울 나오지 않는다. 여러 번 해보아도 통증만 가중되고 사혈이 되지 않아 직접구 쑥뜸으로 양쪽 무릎의 내슬 안에 염증이 발생할 만치 쑥뜸을 많이 했다. 그리고는 발포부항을 붙이고 한 시간 정도 무릎의 독소를 뽑아내는 것으로 치료를 시작하였는데 벌써 마음의 불신이 깊어 이렇게 해도 저렇게 해도 미덥지 않는 모양이다. 그런 노 씨 할머니의 무릎을 고치겠다고 작년 여름 한 달 이상 직접구 쑥뜸으로 한쪽 무릎 내슬 안에 30방 이상 하고 그 다음 3호 발포부항을 붙여 1시간 이상 치료하였다. 서로가 불평하는 가운데 꽤 지루한 시간이 흘러 어느덧 한 달 이상 지나갔다고 생각될 즈음 갑자기 불평불만이 서서히 줄어들더니 어느 순간 아무 소리 안 하고 쑥뜸방에 와서는 치료도 잘 받고 가셨다. 그래서 나도 마음의 부담을 덜고 다른 사람에게 신경을 썼는데 어느 날 오후에 전화 한 통이 왔다. 받아보니 노 씨 할머니이다.

김해공항이라고 얘기를 하시는데 친정 동생부부를 포함하여 가족 전체가 제주도 여행을 다녀왔다고 말씀하신다. 본인이 다리가 아픈지 오래되었기 때문에 여행이나 가정사로 친척집에 나들이 하여본 지가 오래 되었다고 한다. 더구나 무릎의 통증 외에도 고혈압이나 여러 가지 질환으로 오랜 기간 고생하면서 마음의 문도 닫아버려 여간해서는 이웃이나 친지와 잘 어울리지 않았다고 한다. 그런데 이번에 우연한 기회에 제주도 여행 갈 일이 있어서 조금 걸을 만하니 한번 참석해 보자고 마음먹고 갔는데 뜻밖에도 걸어서 한라산 등반도 했다고 한다. 얼마나 기쁜지 김해공항에 도착하자마자 나에게 전화를 하신다고 하면서 연신 감사하다고 한다.

무릎이나 허리가 아파서 불편을 겪고 있는 사람은 너무나 많다. 그러나 쑥뜸이나 부항으로 고질병인 뼈 질환이 치료된다고 생각하는 사람은 많지 않다. 얼마 전 조선일보에 서울아산병원 척추전문의의 인터뷰 기사가 실렸다.

한국 최고의 척추전문의라고 하는 그는 허리뼈통증으로 수술을 한다고 하는 것은 목에 굴레를 씌우는 것과 같다고 얘기하면서 수술을 일단 하고 나면 병원에 계속 의지할 수밖에 없는 사실을 솔직하게 말해주었다. 전국의 수많은 의사들의 반발이 예상되지만 사실을 사실대로 얘기하지 않을 수 없다면서 수술 후 약간 좋아진 것 같은 느낌이 들지만 그것도 스테로이드효과라면서 일시적이라고 분명히 못을 박아 설명을 한다. 본인조차도 사실은 허리가 아파서 장시간 수술대에 서지를 못하고 수술대에 기대어 집도를 한다고 하면서도 수술을 망설이고 있다고 한다.

무릎이 아파서 일어서지를 못하는 사람 또는 무릎에 물이 차서 주사기로 뽑아내는 사람, 무릎이 염증으로 많이 부어 있는 사람 등 여러 종류의 형태가 있지만 쑥뜸과 부항은 거의 대부분 외과적인 수술이나 약물 처방 없이 깨끗하게 치료할 수 있다. 병의 원인을 뽑아내어 병든 부위가 스스로 회복될 수 있도록 하기 때문에 시간이 필요하고 쑥뜸이나 부항은 번거롭기도 하다.

그와 같은 피곤한 몇 가지 문제를 제외하면 병든 부위가 병이 들기 전 원래상태에 가장 가깝게 돌아갈 수 있는 쑥뜸요법은 최상의 선택이라고 하지 않을 수가 없다. 원래 무릎이든 허리, 어깨든지 사람이 통증을 느끼고 생활에 불편을 경험하게 될 때는 이미 병은 오랜 기간에 걸쳐 만들어져왔다고 할 수가 있다. 그렇기 때문에 쑥뜸이나 부항은 잘못 온 길을 되돌아가야 하는 순리를 따라가는 치료법이라서 충분한 시간과 노력이 필요한 것이지만 그 결과는 충분히 만족할 수 있다.

삼위일체 치료

너무 믿었던 게 탈이었던지 운영하고 있던 공장에 큰 일이 생겼다는 말을 듣고 달려가 보니 열려진 공장의 내부는 텅 빈 채 아무것도 없었다. 불과 어제 저녁까지만 해도 TNL-60이라는 큰 기계가 돌아가고 그 외에도 선반이나 밀링 같은 기계가 저마다 자리를 차지하고 부지런히 제품을 가공하고 있었는데 그것이 지금 하나도 남아 있지 않고 전부 사라져 버린 것이다.

애초에 너무 준비한 돈 없이 시작한 것이 무리였나 보다. 돈을 구할 수 있는 모든 곳을 알아보았지만 조금밖에 구할 수가 없어서 애를 태우고 있는데 같은 교회의 집사님 한 분이 제법 큰돈을 소개시켜 준 것이다. 얼마나 반가웠던지 채권자와 정확한 계약서도 작성하지 않고 그돈을 받아 준비하고 있던 공장을 덜컥 차리고 말았다. 너무 경험이 없는 젊은 나이에 겁 없이 시작한 기계공장일이 그렇게 수월한 것이 아니었다. 공장을 시작하고 나니 그때부터 돈은 더 많이 필요해지고 기계를 가동할 물량을 구하기 위해 잠 잘 시간이 없었다. 그 와중에도 종업원이 만드는 제품에 불량이 많이 발생하여 그야말로 등에서 식은땀이 마를 날이 없었다.

그렇게 어렵게 운영하고 있던 중에 나에게 큰돈을 빌려준 채권자와 그를 소개시켜준 집사님이 같이 와서 공장의 명의를 채권자 앞으로 변경해주면 빌려준 돈에 대해 묻지도 않을뿐더러 공장의 일에 여러 가지로 협조하겠다고 하였다. 내키지 않았지만 워낙 여러 가지로 다급했고 집사님을 믿었기 때문에 권유를 따라 간이 서류상으로 명의 변경을 해주었는데 그 채권자가 다음날 공장 내부 기계와 부속자재 등 모든 것을 가져가 버린 것이었다. 공장 안에는 기계도 없었고, 모기업에서 발주 받아 가공하고 있던 여러 가지 가공품도 하나도 없었다.

도대체 어디에서부터 어떻게 생각을 해야 될지 머릿속이 하얗게 변하면서 아무런 생각이 떠오르지 않았다. 그래서 그대로 집으로 와 드러누워 버렸다. 그 사람을 소개시켜 준 우리 교회의 집사님을 내가 너무 믿었기 때문에 선선히 써 준 종이 한 장으로 한 순간에 꿈과 같이 공장이 사라져 버렸다. 그러나 문제는 그 다음부터 벌어졌다. 우선 종업원이 밥을 대먹었던 식당의 밥값 계산에서부터 공장의 가동에 필요한 공구라든가 기름, 자재 값, 기계의 할부금 등 모든 빚이 나에게 남아 있었기 때문에 그때부터 빚 독촉을 받느라 사람이 말라버릴 지경이었다.

공장을 가져가버린 채권자는 어디로 가버렸는지 행방도 모르겠고 그 사람과 싸워서 공장을 다시 찾아올 수 있을 것 같지도 않아 빚 독촉을 받을 때마다 빨리 갚아드리겠습니다, 하는 말로 우선 한순간 한순간을 넘기고 있었다.

그러나 기계와 자동차 할부금과 같이 보증인을 세워서 구매했던 부분은 보증인 집으로 채권독촉장이 날아가니 그것은 견디기가 매우 어려웠다. 그래서 한 때는 애들 엄마가 빚 독촉에 졸도를 하기도 하고 나는 집에 있던 TV나 쓸 수 있는 모든 것을 내어놓아 빚을 조금이라도 변제하고 그야말로 알몸으로 정촌면 시골 뒷방 한 칸을 빌려 들어가 버렸다.

그러나 어린 애들 데리고 우리도 살아야 되기 때문에 나 혼자 빚도 정리해야 되고 다시 재기도 하기 위해서 백방으로 뛰어다니고 있던 중 어느 날 갑작스레 매우 피곤해지는 것이었다.

평소 건강에는 자신이 있었기 때문에 사실 이와 같이 큰일을 당해도 얼마든지 헤쳐 나갈 수 있을 것 같았는데 너무 피곤해지면서 자꾸 사람이 옆으로 넘어지는 것 같은 생각이 들어 집으로 들어와서 자리에 누워버렸다. 몇 분 지나지도 않아 갑자기 가슴이 크게 뛰면서 자동적으로 벌떡 일어나지더니 나도 모르게 바깥으로 뛰쳐나가진다. 그러면서 동네 아는 사람을 만나면 내가 무슨 말을 하는지도 모르겠는데 그 사람에게 여러 가지 말을 한참 하다가 이게 아니다싶어 얼른 다른 곳으로 뛰어가서는 여기 저기 동네를 휘둘러보면서 한참 그러고 있으니 정신이 차츰 돌아온다. 그러면서 내가 왜 이러고 있지 하는 생각이 들면서 다시 집으로 들어와 깊이 잠이 들어버렸다. 다음 날 아침잠에서 깨니 아무 이상이 없는지라 어제 그와 같은 일은 까마득히 잊어버리고 다시 일상에 복귀하여 열심히 뛰기 시작했다.

하던 사업을 다시 재기해 보기 위해 정말 여러 가지를 다해 보았으나 일어설 수가 없었다. 아이들 학교문제와 생계문제가 심각해지니 우선 먹고살기 위해서 급한 대로 부산으로 가서 영업용 택시를 운행하게 되었다. 그 당시에는 영업용 택시의 수입이 좋았기 때문에 우선 급한 생계는 해결이 되는 듯싶었는데 운행을 시작한지 얼마 되지 않아서부터 이상한 일이 나타나기 시작했다. 한참 영업을 하다보면 나도 모르게 식은땀이 나고 체온조절이 안 될 뿐만 아니라 호흡이 곤란해지기 시작하는 것이다. 젊은 시절 너무나 건강했기 때문에 전혀 처음 겪어보는 일이라 이것이 무슨 현상인지조차 몰랐다.

그러나 계속되는 일과 속에 운행을 계속 할 수 없는 지경에까지 이르자 하루 운행을 쉬고 동네 병원에 갔다. 우선 의사 선생님을 뵈니 벌써 내 마음이 이제는 살았구나 하는 생각부터 들었고 그동안 내 몸의 변화와 이상증세를 장황하게 늘어놓고 의사 선생님의 정확한 병명과 처방을 기다렸다.

그러나 선생님은 나의 기대와는 달리 별 말씀이 없고 무엇을 간단히 적더니 바로 간호사에게 처방전을 넘기고 약을 받아가라고 한다. 조금 싱거웠지만 그래도 살 수 있는 약을 받은지라 기쁘게 집으로 돌아와 시간 맞춰 약을 먹고 일당백의 기세로 뒷날 다시 업무에 복귀하였다. 한 며칠 잘 나간다 싶을 만치 열심히 일을 한다고 생각할 즈음 다시 식은땀이 나고 호흡이 곤란해지고 심장이 멎을 것처럼 괴로워지기 시작했다. 그래도 약을 먹었으니 조금 있으면 좋아질 것이라는 생각으로 계속 버티면서 일에만 몰두하였다. 그러나 아무리 지나도 조금도 나아지지 않고 오히려 더욱 심해지는 것 같다. 그래서 이번에는 한약방을 찾아가보았다. 그랬더니 기가 허해서 그런 것이라고 하면서 한약을 한제 지어준다. 한약을 받아드니 그제야 내가 어렸을 적에 한약을 많이 먹은 것이 생각이 나고 역시 나에게는 한약이 맞아 하는 마음이 들고 곧이어 이제야말로 내 병이 낫는구나 하고 안심이 되었다.

그렇게 한약 한제를 한 달여 복용했다. 한약은 원래 효과가 천천히 나는 것이기 때문에 조급해할 필요 없이 기다리면 좋아질 것이야 하는 생각으로 증세가 조금도 개선되지 않았지만 몇 달을 참고 기다려봤다. 그러나 그것도 역시 털끝만큼도 좋아지지 않았다. 하도 몸의 상태가 심각해지기 때문에 이번에는 아예 작정하고 큰 병원에 가서 종합검사를 받아보기로 했다. 그래서 병원의 지시대로 금식하고 준비하여 다음 날 완전히 종합적인 검사를 했다.

내시경, 소 대변검사, 피검사, CT 등 완전히 사람을 분해하여 검사한다는 심정으로 종합적인 검사를 하고 집으로 돌아와 며칠을 기다렸다. 이번에야말로 병명이 나오겠지, 그러면 치료하면 될 것이니 걱정할 것이 전혀 없었다. 어린 아들과 집사람을 생각해서 빨리 일어서야 되기 때문에 오로지 일할 생각만 하면 된다고 그러면서 앞으로의 계획을 연구하면서 며칠을 기다리다가 검사결과가 나오는 날 병원으로 갔다. 막상 병원으로 갈려니 처음으로 긴장이 되었다. 아무것도 아닐 거야 마음속으로 위로하면서 대범한 양 며칠을 보냈는데 병원으로 가는 걸음은 정말이지 법원에 선고공판 받으러 가는 기분이었다.

잔뜩 긴장하여 한참을 기다리다 만난 의사 선생님은 나의 검사 차트를 한참 뒤적거리더니 지나가는 말투로 한 마디 하신다. "전체적으로 매우 건강하십니다." 조마조마하여 손에 땀이 쥐어져 있었는데 너무 맥없이 손이 풀려버린다.

다음 날부터 나는 매우 바쁘기 시작했다. 택시보다 수익성이 좋은 특수용접을 하기위해 울산으로 올라갔다. 용접학원에 등록도 하고 학원에서 소개시켜 준 회사에서 실무도 하면서 열심히 하려고 하였으나 그것은 희망에 불과했다. 특히 전기용접은 심장에 크게 충격을 주어 저녁이 되면 심장의 부정맥으로 매우 고생을 하였다.

그때부터 다람쥐 쳇바퀴 도는 인생이 시작되었다. 회사에 다니다가 병원에 갔다가 다시 일하러 다니다가 또 병원에 갔다. 어떤 병원에서는 심장부정맥이라고 하기도 하고 협심증이라고 하기도 하고 수술을 하여야 한다는 곳도 있었다. 다른 병원에서 처방하여 준 심장질환 약을 먹지 않아도 된다고 하는 병원도 있었다. 그러나 어쨌든 오랜 기간 정말 여러 병원을 전전하였으나 한 군데도 정확한 병명이나 처방을 주지 못했고 건강 상태가 조금이라도 나아진 것 없이 고통스러운 가운데 시간만 자꾸 흘러갔다.

이대로 있다가는 안 되겠다 하는 생각이 들기 시작했다. 정상적인 사회생활이 되지 않을 만치 육체적인 문제가 발생하였는데 어디서도 그 원인도 모를뿐더러 조금이라고 개선시켜 준 곳이 한 곳도 없는 가운데 어깨 견비통이 시작되었다. 얼마나 고통스러운지 나무로 만든 쐐기를 어깨에 박는 기분이었다. 흔히 오십견이라 하는데 나이 30대 중반에 견비통이 시작되니 몸이 많이 상해버린 것은 틀림이 없는 모양이다.

그런데 그때 여러 가지 읽어본 책 중에서 식초이야기를 읽게 되었는데 매우 흥미가 생겨 그 즉시 실험하여 보았다. 그 뒤 식초요법은 나의 건강을 지키는 최고의 구원투수로써 오랜 기간 성실히 실행하였다. 처음에는 시중에 팔고 있는 여러 종류의 식초를 사서 물에 희석하여 마시곤 하였는데 여러 가지 불편함과 식초의 산도를 잘 맞추지 못하여 위장에 조금 무리가 되기도 하는 실수도 하였었다.

그래서 노란 콩을 볶아서 식초에 약 10일 정도 담가두었다가 식초를 부어버리고 콩만 냉장고에 넣어두고 매일 식후 한 숟가락씩 먹기 시작하였는데 그것을 20년 넘게 먹자 매우 건강에 도움이 되었다.

　　그렇게 담근 초콩은 식후에 먹으면 맛도 좋았다. 혹시 기름진 음식이나 조금 비건강식인 음식을 먹어도 초콩을 많이 먹으면 우선 입안이 개운해지는 것이 혈압이나 혈당 걱정 없이 무슨 음식이든지 가리지 않고 먹을 수 있어서 매우 좋았다. 여름에 음식이 잘 상하고 할 때에도 음식물에 식초를 뿌려두면 오래 보관이 가능하다.

　　처음 먹을 때는 식초의 효과에 대해서 그렇게 많이 알고 시작한 것은 아니었으나 오랜 시간이 지난 후 나는 많은 것을 느낄 수 있었다. 사업 실패로 화병을 얻어 심장에 충격이 간 후 여러 가지 많은 문제가 연달아 일어나기 시작했는데 식초를 먹음으로써 병의 진도를 상당히 늦춘 것으로 확신이 된다.

　　혈압이 처음부터 많이 올라갈 상황이었는데 그것을 지금까지 유지하고 음식조절 한 번 없이 라면이든 햄버거든 어떤 음식이든지 가리지 않고 내 입맛대로 먹었는데도 당뇨라든가 다른 혈액성 질환으로 진행이 되는 경우가 없었다.

　　이와 같은 식초의 효능에 대해 여러 가지 얘기가 있지만 나는 그것이 산소의 포화도를 높인다 하는 한 가지 이유로 설명하고 싶다. 동양의학에서 인체생명을 쥐고 있는 중요 5대 장기에 대해 사람이 살고 있는 우주의 자연현상과 비유하여 해설한 부분이 있다. 그 5대 장기 중 첫 번째인 간은 사람 몸 안에서 벌어지는 생리대사 전체의 작용에 대해 생리화학적인 작용을 하고 있다. 병원에서 처방하는 주사제나 약은 기본적으로 모두 약성과 반대되는 독성도 가지고 있다. 그것은 간을 통하면서 독성이 중화되고 혈액 속으로는 약성만이 들어갈 수 있도록 화학처리를 한다. 우리들이 먹는 술이라든가 담배 등 인체의 구조와 맞지 않는 모든 먹을거리도 간이라고 하는 화학공장이 있기에 사람의 5장 6부가 직접적인 타격을 받지 않고 운행이 가능하다.

만약 술을 많이 먹는 젊은 사람들이 하루저녁에 마시는 술의 양만큼 알코올성분이 그대로 피로 다 들어가면 아마 술 많이 먹는 사람 중에는 살아남는 사람이 없을 것이다. 사람의 5대 장기 중 손상을 입으면 자체 회복이 가능한 부분은 간이 유일하다. 심지어 간은 어느 정도 잘라내어도 얼마 지나지 않아 다시 원상태로 돌아온다고 한다. 그것은 간세포가 끊임없이 독성을 분해하여 세포조직이 파괴될 수밖에 없기 때문에 원래부터 간세포는 재생가능한 줄기세포로 이루어져 있다.

그래서 사람은 간이 웬만큼 손상되어도 통증이나 신체의 병적현상을 느끼기 힘들다.

그래서 사람들이 간을 일러 침묵의 장기라 부르기도 한다. 우리주변을 둘러봐도 항상 얘기를 많이 하는 사람이 있는 반면에 입이 무거운 사람도 있다. 자기 내면을 나타내지 않고 입을 다물고 있는 사람은 우리가 그 속을 모르기 때문에 섣부른 판단을 할 수도 없고 내 뜻대로 방향을 인도해가기도 어렵다. 보이지 않는 것이 막연한 공포를 부르듯이 침묵하고 있는 사람도 대하기 어렵다. 그래서 침묵하고 있는 장기인 간은 얼핏 사람들이 내색을 안 하니 가장 쉽게 생각을 한다. 소화가 안 된다고 위장을 탓하고 위내시경검사나 여러 가지 위장약을 먹어가면서 염려를 항상 보내고 신경을 쓴다. 심장도 조금 불편해지면 심전

도검사, 협심증검사 등 심장질환을 매우 두려워하여 항상 긴장이 되는 것은 그와 같은 장기들은 조금 이상이 생기면 금방 상태가 드러나기 때문이다. 그러나 침묵의 장기인 간은 어느 순간 비명을 지르기 시작하면 그야말로 한계에 이르렀다는 뜻이다.

평소 말 안 하고 있지만 한번 아야 라고 표현하기 시작하면 이미 다시 돌아가기 어렵다. 그런데 옛사람들은 이와 같은 간의 생리현상을 일찍이 알고 간이 신맛에 반응하는 장기라고 밝혀놓았다.

우리가 먹는 음식물은 기본적으로 5가지 맛을 가지고 있다. 그 다섯 가지 맛이 조화를 이루어 여러 가지 맛도 낼 수 있지만 맛의 근본은 신맛, 단맛, 짠맛, 쓴맛, 매운맛 등 5가지이다. 이렇게 다섯 가지 맛은 음식물을 통해서 배당된 5대 장기에 특히 영향을 미치는데 식초는 간에 끼는 지방질이나 문맥을 통하여 들어온 피를 해독하고 난 후 간에 머물러 있는 독소를 분해하는데 가장 뛰어나다. 간은 또한 봄을 상징하고 오색으로는 푸른색에 해당되어 만물을 만들어내는 것을 상징하고 있다.

이와 같이 해독하고 만물을 만들어내듯이 깨끗한 피를 만드는 가장 기본된 것이 산소이다. 사람 몸 안으로 들어온 여러 가지 단백질이나 탄수화물, 지방 등을 대사시켜 독소는 분해하고 깨끗해진 피만 심장으로 보내지게 된다. 간이 건강하면 사람은 자동으로 건강해지며 병이라는 것은 몸에 발붙일 수 없게 된다. 그러나 간이 그 기능을 잃어 간에 지방이 끼게 되면 지방간이 되고 독소가 한계를 넘어가면 간경화로 이어져 간암이나 간혼수성 황달에 걸리기도 한다. 그렇기 때문에 식초를 상식하게 되면 혈액 속에 산소포화도가 높아져 해독이 쉽게 되며 지방이 연소되고 당분도 분해되기 쉽다.

식초의 맛과 효능에 놀라면서 나는 서서히 내 몸을 고치기 위해 자연적인 치료법을 공부하기 시작했는데 그때 시작한 쑥뜸과 쑥뜸보다는 조금 늦게 시작했지만 부항요법을 통해서 나는 지금도 병원이라는 것을 모르고 오직 쑥뜸과 부항에 의지하여 별 탈 없이 생활해갈 수가 있었다.

그때 심주섭 옹의 왕뜸이 유행이었는데 나도 깊이 빠져들게 되었다. 당시 서울에 사시는 심주섭 옹을 만나기 위해 진주에서 천리 길을 올라가 한번 뵙고 온 것이 전부였지만 그것이 기본이 되어 나는 집에서 왕뜸에 관해 많은 것을 해볼 수가 있었다. 왕뜸의 재료인 가루 쑥을 만들기 위해서 강화도에서 사자발약쑥을 구해 직접 재배해보기도 하고 가공도 하여 보았으나 그것은 마음대로 쉽게 되지 않았다. 그러나 그때 시작하여 매년 한 달이든 두 달이든 꼭 왕뜸을 하고 해를 보내게 되고 그것이 습관이 되어 해마다 왕뜸을 하지 않고 보낸 적은 한 번도 없었다. 어떤 때는 며칠 하다가 다음 달로 미루기도 하고 잘하면 한 달 내내 계속 쑥뜸을 하기도 하였다. 그러나 경제적인 문제라든지 뜸쑥을 구하지 못해서 못하기도 하고 쑥뜸을 해 줄 사람이 없어서 못하기도 하면서도 지금까지 20년이 넘게 계속 왕뜸을 할 수 있었던 것은 참으로 큰 행운이라는 생각이 든다.

왕뜸도 처음에는 책에 나온 내용을 보면서 조금씩 해보았는데 그것이 오래 계속 되면서 쑥뜸의 효능을 실감할 수 있었다.

얼마 전 TV에서 핀란드 사우나 하는 것을 보게 되었다. 1년 내내 얼음판 위에 사는 핀란드 인들은 오래전부터 사우나를 즐겨 해왔는데 그 조상들의 사우나를 하는 지혜에 탄복하지 않을 수 없었다. 사람의 생리현상이 먹고 소화하면서 인체 세포에서 영양소를 에너지화하는 과정에 불완전연소가스인 독소가 발생한다. 일반적으로 그것은 대소변을 통하거나 땀을 흘려 피부땀샘을 통하여 배출이 되는데 핀란드에서처럼 1년 내내 추운 나라에서 어떻게 땀을 흘릴 수가 있으며 몸 안에 쌓이는 유해독소를 뽑아낼 수가 있을 것인가.

그래서 핀란드 사람들은 사우나를 고안해냈고 하루 일과가 끝나면 사우나에 들어가 땀을 흘려서 혈액 속에 있는 독소를 분해하고 뜨거운 수증기를 쏘이면서 근육의 이완을 도와 하루 동안 쌓인 피로를 풀 수가 있었다.

그런데 핀란드 사우나의 백미는 뜨거운 사우나를 한 후에 얼음물에 뛰어드는 것이다. 일반적으로 생각하면 사람의 몸이 뜨거울 때 갑작스레 얼음물 속에 들어가면 심장마비가 생기지 않을까 생각되기도 하지만 핀란드 사람들은 뜨겁게 데운 몸을 얼음물 속에 담가서 대장간에서 무른쇠를 강철로 만들듯이 추위에 이길 수 있는 튼튼한 몸을 만들고 있었다.

고급 식당에 가서 스테이크를 주문하면 요리사는 어떻게 구워드릴까요 하고 물어온다. 대부분은 well done을 시키는데 정말로 드물게 rare를 주문하는 사람도 볼 수 있다. rare는 말 그대로 고깃덩어리를 겉부분만 살짝 익힌 것이다. 칼로 잘라보면 고기 안에는 피가 그대로 있다. 그런데 핀란드 사람들이 하고 있는 사우나를 보고 있으면 말 그대로 well done을 하고 있다는 것을 알 수 있다.

사우나실 안에서 제법 긴 시간을 몸을 녹이면서 자작나무 가지로 온

몸을 계속 두드린다. 그러면 혈액순환이 촉진되면서 사우나의 따뜻한 열감이 인체 내부로 전해지면서 온몸이 데워지게 된다. 내장 깊숙이까지 충분히 체온이 오르면 그때 그 사람들은 얼음물 속으로 뛰어 들어가는 것이다. 그렇기 때문에 심장마비가 올 수도 없고 얼음물 속의 온도가 영하 20도가 되어도 잠시 동안은 추위를 느끼지도 못하는 것이다.

항암제의 부작용을 피하기 위해 얼마 전 영국의 한 병원에서는 고주파를 이용하여 암 세포를 괴사시키는 것을 들을 수 있었다. 인체 내부의 온도를 올릴 수 있는 고주파기를 개발하여 고온에 약한 암 세포를 사멸시킨다는 것인데, 핀란드 사우나가 되었건 고주파기가 되었건 인체 깊숙이까지 체온을 올릴 수 있는 가장 좋은 방법은 왕뜸인 것이다. 50분 정도 타는 뜸봉 5개를 배 위에 올리고 뜸을 하고 나면 당장 내장 안에서 꾸르륵거리는 소리도 나고 배 안이 따뜻해져 딱딱했던 배의 근육이 부드러워지는 것을 단번에 알 수 있다. 쑥봉이 크기 때문에 처음에는 타면서 쑥진이 배 위에 한참 내려앉는다. 그 다음 왕쑥봉 전체가 타면서 쑥에서 나오는 원적외선이 배 위의 쑥진을 끌고 피부 안으로 스며들어 굳어있던 근육을 풀어 통증을 줄인다. 그 뒤에 모세혈관에 쌓여 피의 순환을 막고 있던 어혈을 녹여 뱃속 깊숙이까지 열과 쑥의 기운이 들어가도록 하여준다. 그렇기 때문에 왕뜸을 많이 하면 우선 피로가 풀리고 소화와 배변이 잘 된다. 그러면서 배 안에 들어있던 만 가지 질환이 개선되는 것이다.

옛날부터 쑥뜸은 한자로 오랠 구자를 쓰는데 그것은 오랜 기간 정성을 들여 쑥뜸을 해야 효과를 본다고 하는 뜻인데 그것이 유일한 단점이다.

왕뜸이 시간이 많이 걸리고 그렇기 때문에 번거로워 수지뜸도 해보고 직접구 뜸도 하였다. 수지뜸 같은 경우는 한국에서 개발이 되어 세계에 전파되어 많은 사람의 건강을 도와주는 것이니 자랑스럽기 그지없다. 쑥은 한국에서 나오는 것만이 쑥뜸을 할 수 있는데 직접구 뜸을 하던 왕뜸을 하던 어떤 것이든지 사람의 건강에 그만치 좋은 것이 없고 오래하면 내장의 기능이 활성화되고 기혈순환이 왕성해져서 건강뿐만이 아니라 생명까지도 길어지는 것이니 세상에 이만한 것이 어디 있겠는가.

쑥봉의 형태가 뜸의 방식에 따라 너무 다르기 때문에 여러 가지 질병에 적재적소에 이용할 수가 있다. 환자의 병의 종류나 나이 환경 등 조건에 맞추어 시구를 하게 되면 부작용이라는 것은 전혀 없이 큰 효과를 볼 수가 있다.

여러 가지 쑥뜸의 재미에 빠져 제법 많은 시간을 보냈는데 그래도 풀리지 않는 몇 가지 문제가 있었다. 심장질환 같은 경우는 직접구 쑥뜸으로 충분한 관리는 가능하나 결정적인 치료 효과가 나오지 않았다. 중풍이나 만성화된 당뇨 등 쑥뜸만으로는 약간 미진한 부분이 있어서 부항요법을 하게 되었다. 처음에는 건부항으로 5분 정도씩 독소를 분해하는 정도로 시작했는데 사혈부항을 알고부터는 정말로 쑥뜸과 부항만 가지면 만병을 낫게 할 수 있을 것 같았다.

사실 병을 치료한다는 개념만으로 보아서는 사혈부항만큼 확실한 것은 없다. 사람의 질병을 일으키는 원인은 여러 가지가 있는데 병원균이나 사고로 인한 문제는 현대의학으로 커버되지 않는 분야는 거의 없다. 그러나 현시대에 넘쳐나는 암이나 당뇨 등 순환기성 문제만 가지고 생각해보면 치료라는 말 자체가 아예 성립되지 않는다.

　사람이 살아가는 세상이나 사람의 인체는 거의 비슷한 내용을 가지고 있다. 간혹 자동차를 타고 가다가 교통정체를 만나 긴 시간을 느림보운행을 하다보면 가슴이 탁 막히는 것 같은 느낌이 든다. 정체되어 있는 많은 차량 중에는 상하기 쉬운 식자재를 싣고 있는 차량도 있을 것이고 업무 차 급히 가야될 사람도 있을 것이다. 그러나 차량이 막히기 시작하면 모든 일이 정지되고 여러 대의 차에서 뿜어내는 매연만 그 자리에 쌓이게 된다. 순환기성 질환이란 사람 몸 안을 순환하는 혈액이나 림프액이 나가지 못하고 정체되어 혈액 속에 고지방이나 고혈당을 만들어 혈액의 점도가 높아져 모세혈관을 막기 시작하면서 발생한다.

　고속도로에서 한참을 서행하다가 정체가 풀어지는 지점을 지나보면 사고가 아닌 이상 대부분 나들목이다. 나들목을 나가는 차량 또는 진입하는 차량으로 인하여 주행하던 차의 속도가 느려지고 그것이 연쇄작용을 일으켜 나머지 자동차들을 세우게 되는 악순환이 반복된다.

　사람 몸 안을 흐르는 혈액도 전국에 깔려있는 고속도로와 국도 그리고 작은 지방도 등으로 구분되는 각종 도로와 같이 인체 안을 대동맥, 소동맥, 모세혈관, 정맥 등으로 비슷한 구조를 하고 있다. 도로의 나들목과 같은 인체의 경혈자리는 그래서 혈액의 건강에 조금 이상이 발생하면 먼저 막히기 시작한다. 나들목에 밀려있는 차량은 인위적으로 치울 수는 없지만 인체의 경혈자리에 물려있는 핏덩어리 즉 어혈은 부항으로 얼마든지 뽑아낼 수 있다. 막혀 있던 자리가 뚫리고 피가 돌기 시작하면 순환기성이라는 말은 더 이상 듣지 않게 될 것이다.

필자가 사용한 쑥뜸과 부항요법 그리고 전위치료는 삼위일체를 이루어 결정적으로 암이나 중풍, 당뇨 등과 같은 난치성 질환에 확실한 효과를 발휘하였다. 쑥뜸과 부항요법은 떼려야 뗄 수 없는 최고의 보사법이요, 인체의 균형을 깨뜨리지 않고 자연스럽게 중병을 치료해가는 첩경이었다. 더욱이 쑥뜸이라든지 부항요법은 부작용이 전혀 없으며 쉽고 배우기도 어렵지 않아 누구나 할 수 있으니 가족끼리 가정에서 건강을 지킬 수 있는 최고의 방법이 아닐 수 없다.

　　사람은 살아가면서 여러 가지 어려운 일에 부딪칠 일이 많다. 그러나 육신에 병이 들어버리면 다른 모든 일들은 더 이상 의미가 없게 된다. 사느냐 죽느냐 하는 중병에 걸리면 돈도 명예도 아무것도 필요 없다. 크든 작든 병이 들어 복합적으로 육신에 영향을 미치기 시작하면 이때는 이미 한 가지 치료법으로 하기에는 늦다. 그래서 몸의 안과 밖에서 동시에 복합적으로 치료하는 것이 당연히 제대로 된 치료 효과를 내게 된다. 쑥뜸과 부항 그리고 전위치료 이렇게 삼위일체 치료는 그래서 필요한 것이다.